JN245975

翰林書房

小堀洋平

田山花袋　作品の形成

田山花袋　作品の形成——◎目次

はじめに

本書は、一八九〇年代初頭の出発期から『時は過ぎゆく』（一九一六・九、新潮社）まで、およそ四半世紀にわたる田山花袋の文学的営為の内実を、主としてその間に執筆された代表作の形成のあり方をとおして明らかにしたものである。その際、特に各作品の材源となった海外の文学作品や、執筆過程における改稿の実態を検討することで、花袋の作品の理解に資するよう努めた。

序章「出発期における花袋の志向――「『野試合』を読んで水蔭君に寄す」をめぐって――」では、幾多の変遷を経つつも以降の文学活動の基本的方向を決定づけることとなった、出発期における花袋の志向のあり方を、従来ほとんど知られていなかった最初期の評論「『野試合』を読んで水蔭君に寄す」（『読売新聞』一八九一・九・一一）の分析を通して明らかにした。当時師事して間もなかった江見水蔭の小説『野試合』（一八九一・八・二〇、春陽堂）を対象とする本評論において、花袋は先行する『野試合』評とのあいだに一定の共通性を確保することで論壇への初登場となる自身の論を承認されやすいものとしながらも、以降の初期小説における自らの志向を予見させるかのように、「小児の無邪気」と「親子の情」の描出をきわめて高く評価することによって、先行評との間に差異を生じさせることに成功していた。また、当時最新の文学理論であった坪内逍遥の小説三派説や、ハルトマンに依拠した森鷗外の規範美学をはじめとする同時代の批評言説を貪欲に摂取しつつ、それらを相互に結合させることで独自の評価軸を形成し、印象批評風の諸他の『野試合』評とは異なる次元で議論を展開しようとする試みもそこには見られた。そして、同時代言説の受容と再編によって自身の論の卓越性を獲得しようとするこうした試みは、当時の文壇における方向性としては、硯友社系の結社に属しながらも硯友社主流からはむしろ距離をとり、鷗外の新声社への接近を意図するものだったと考えられる。

第一部「花袋文学の形成基盤」では、序章で確認された花袋の基本的な志向のあり方に、より具体的な肉づけを施すべく、一八九〇年代から一九〇〇年代初頭にかけての花袋の初期創作活動の背景を、形式と内容の両面から検討し、以降の章で論及することとなる代表的諸作品にも共通する文学的基盤の解明を試みた。

第一章「一八九〇年代の紀行文におけるジャンルの越境と人称の交替——『日光』を中心に——」では、従来論じられることの少なかった花袋の作品『日光』（一八九九・七、春陽堂）を採り上げ、この作品が同時代における紀行文ジャンルの成立や、初期花袋における紀行文と小説の関係を考察する上で、重要な位置を占めることを確認した。その際、紀行文と旅行案内というジャンルの混合、それ以前の紀行文との間に見られる漢文学から西洋文学への引用・典拠の志向性の変化、風景描写を媒介とした一人称から三人称への人称転換の手法という三点に絞って、本作の意義を論じた。以上の諸点の分析によって、『日光』が、引用や人称転換といった語りの諸機能を通じて、「自然」から喚起された「詩興」を叙述するという同時代の紀行文作家達に共通する課題と正面から向き合った作品であり、さらに以後の花袋の小説の展開にも重要な影響をもたらしたものであることが明らかとなった。

第二章「一九〇〇年前後の花袋における「自然」の変容——太田玉茗宛書簡に見られる海外文学の受容を中心に——」では、前章で主に形式の側面から考察された花袋文学の形成基盤を、「自然」という内容の側面から論じた。一八九九年（明治三二）は花袋にとってセンチメンタリズムの破壊、自然主義への転換の出発点となった重要な年とされるが、本章では、この年に書かれた太田玉茗宛書簡（早稲田大学図書館蔵）から窺われる花袋の読書の実態に注目し、海外文学の繙読が当時の花袋において、創作の源泉たる「自然」に触れる「旅」の代償として機能していたことを明らかにした。また、書簡で触れられたツルゲーネフやゾラなどの西洋の文学作品の受容が契機となって、この時期に花袋の「自然」概念が変容し、自然主義への傾斜が強まったことも示した。なお、その際、柳田国男や永井荷風等の同時代作家における海外文学受容との比較によって、花袋の読書傾向の特色がより明瞭となるように努めた。

第二部「主題とモチーフの形成」では、『重右衛門の最後』（一九〇二・五、新声社）、「蒲団」（『新小説』一九〇七・九）、「一兵卒」（『早稲田文学』一九〇八・一）という一九〇〇年代の花袋を代表する三つの中篇・短篇小説を重点的に採り上げ、それぞれの作品における主題とモチーフの形成について論じた。

第三章「紀行文草稿「笠のかけ」から『重右衛門の最後』へ――二つの共同体――」では、『重右衛門の最後』論の実証的前提を補強することを目的として、この小説の素材となった一八九三年（明治二六）八月から九月にかけての信州旅行のことを記した紀行文「笠のかけ」花袋自筆草稿（早稲田大学図書館蔵）の翻刻と検討を行った。その上で、「笠のかけ」草稿と『重右衛門の最後』の比較を行い、『重右衛門の最後』においては、「笠のかけ」に見られる友人祢津栄輔や武井米蔵との自然観の共同体についての記述が、語り手「自分」の成長、ひいてはそのモデルと目される作者自身の成長を劇的に語るために、花袋によって排除されていることを確認した。そして、その共同体を犠牲として語り手が手に入れたものこそ、冒頭場面に示された海外文学について語り合う文学サークルという新たな共同体であり、作者花袋にとっては、そのサークルの構成員と同様の教養を持つはずの『重右衛門の最後』の想定読者の共同体でもあったことを論じた。

第四章「「見えざる力」から「蒲団」へ――岡田美知代宛書簡中の詩をめぐって――」では、「蒲団」の芳子のモデル岡田美知代に宛てられた花袋の書簡のうち、一九〇五年（明治三八）（推定）六月七日付書簡に含まれる詩「見えざる力」、および同年七月六日付書簡に含まれる無題の詩二篇の読解を通して、「蒲団」執筆の根底に不可解な力による「我」の破壊という主題が存在したことを明らかにした。なお、その際、これら三つの詩と「蒲団」をつなぐものとして、当時象徴主義を積極的に評価していた花袋がその一部を翻訳したヴェルレーヌの英訳詩集、特にそした。

の挿絵を採り上げ、そこに示された室内風景のイメージが有名な「蒲団」結末場面に影響を与えた可能性を検証した。

第五章「暴風・狂気・チェーホフ――「蒲団」執筆の背景とモチーフ――」は、「蒲団」執筆の背景とモチーフを、前章と同様に、比較文学の方法を摂り入れながら考察したものである。はじめに、「蒲団」執筆中の一九〇七年（明治四〇）七月末から八月初めにかけて花袋が編集に従事していた『文章世界』八月号の読者投稿欄を手がかりとして、チェーホフの英訳短篇集『黒衣の僧』に対する花袋の関心を実証した。その上で、国木田独歩「都の友へ、B生より」（『新小説』早稲田号、一九〇七・七・一五）をはじめとする同時代作品との比較をとおして、「蒲団」における「暴風」というモチーフが、チェーホフの影響下に「狂気」の象徴として用いられた可能性を検証し、「蒲団」の新たな側面に光を当てた。

第六章「「一兵卒」とガルシン「四日間」――「死」「戦争」「自然」をめぐって――」では、「一兵卒」におけるガルシン作・二葉亭四迷訳「四日間」（『新小説』一九〇四・七）の受容を論じた。「一兵卒」においては、『第二軍従征日記』（一九〇五・一、博文館）では有効に活かされなかった兵站病院の「臭気」という素材が導入され、兵士に衛生観念を内面化する一方で傷病兵に対し十分な衛生環境を整備することの出来なかった日露戦時の日本軍の実情が、兵士の身体のレベルで描き出されることになっているが、その背景には、同様の素材を効果的に用いたガルシン「四日間」の読書体験があったと考えられる。また、「死」という重要な主題をめぐっても、描かれた個々の情景のみならず、表現手法やモチーフの選択、視点のあり方に至るまで、「一兵卒」には「四日間」受容のあとが認められる。その一方で、「四日間」にはない「一兵卒」の特色として、末尾において主人公の「死」を語らなければならなくなった時、無関心に進行する「戦争」および「自然」との断絶のうちにその「死」を位置づけている点を指摘できる。

第三部「叙述方法の形成」では、「生」（『読売新聞』一九〇八・四・一三〜七・一九、後に『生』一九〇八・一〇、易風社）と『田舎教師』（一九〇九・一〇、左久良書房）という、一九〇〇年代末の花袋を代表する二つの長篇小説を、その叙述方法の形成過程の検討を通して読解した。なお、これより前の時期に属する『重右衛門の最後』、「蒲団」、「一兵卒」という作品を扱った第二部において主題とモチーフが中心的に検討され、ここでは主に叙述方法が検討されるのは、創作における花袋自身の関心の変化に沿ったものである。「自然」、「見えざる力」、「死」といった主題と、その主題を構成するモチーフ群の探究に重点が置かれた「一兵卒」までの時期に対して、「生」以降の時期においては、平面描写論の提唱に代表されるように、それらの主題とモチーフをいかに効果的に表現するかという叙述方法をめぐる問題に、花袋の関心の重点が移行したと考えられるのである。

第七章「風景の俯瞰から自然との一致へ――「生」改稿をめぐって――」では、「生」の改稿問題を論じた。「生」は、従来、その新聞初出形と単行本所収形との間に、きわめて多くの異同が認められることが指摘されてきた。しかし、その異同が作品解釈にもたらす影響については、十分研究が尽くされているとは言い難い。そこで本章では、この課題に応えるため、はじめに改稿時期の同定を図った上で、単行本において削除された初出第五十四回連載分の本文を分析し、その箇所が高所からの風景の俯瞰という描写枠組を持つことを論じた。また、ゴンクール『ジェルミニー・ラセルトゥ』花袋旧蔵本（田山花袋記念文学館蔵）の類似箇所との比較により、両者の描写の類縁性とともに、「生」第五十四回においては「暗い家」から脱出しようとする子どもたちの欲望が前景化されていることを明らかにした。最後に、右のような特質を持つ初出第五十四回が削除されたことで、作品の基調をなす「家」に内在する視点が一貫されると同時に、相対的に後の第五十六回における「自然」との一致が強調されたことを確認し、この改稿を「風景の俯瞰から自然との一致へ」という方向性のもとに把握することを試みた。

第八章「写すことと編むことのあいだ――『田舎教師』における風景描写の形成――」では、『田舎教師』の最大の特徴とされる風景描写が、どのように形成されたかを明らかにした。『田舎教師』の風景描写の基礎となった各季節の原型的イメージは、一九〇八年（明治四一）一月から十二月まで一年間にわたって、増刊号を除き毎月『文章世界』に連載された小品「文章月暦」において形成されたものと考えられる。「文章月暦」では、実感を写すことと記録を編むこととの融合の上に四季のイメージが形成されているが、それらを再び巧みに編み上げることで成り立っているのが、『田舎教師』の風景描写である。そして、そのような原型的イメージに具体的な肉づけを施す役割を担ったのが「踏査」という方法であった。その方法の内実とは、「旅の日記帳」に写し取られた素材を縦糸とし、主体の明示されない知覚表現を横糸として、一つ一つの風景描写を編み上げてゆくものだったが、ここで重要なのは、そうした方法が『田舎教師』執筆に際して突然現れたわけでなく、『田舎教師』とは直接関わりのない素材に対しても、花袋によって旅行の都度繰り返し試みられたものだった、という点である。さらに、『田舎教師』における風景の前景化は、材源である小林秀三日記の後半部分から「感想」と「情緒」の要素を排除し、主として独歩「武蔵野」（『武蔵野』一九〇一・三、民友社、初出「今の武蔵野」『国民之友』一八九八・一、二）の影響下に写し取られた季節の風物を選んで作品に編み込んでゆくという方法によって生じたものであった。このように、『田舎教師』の風景描写の基底には、ただ風景を写すことのみが存在したわけでなく、執筆過程における写すことと編むことのあいだからこそ、その風景は立ち現れてきたものだったと考えられる。

終章「花柳小説から『時は過ぎゆく』へ――『燈影』の初出「春の名残」を中心に――」では、はじめに、今日までながらく正確に把握されていなかった長篇小説『燈影』（一九一八・一二、春陽堂）の初出が、『東京毎日新聞』に一九一五年（大正四）四月二十日から八月七日まで全一一〇回にわたり連載された「春の名残」であることを指摘した。そして、その点を基礎としながら、一九一〇年代前半に多作された花袋の一連の花柳小説、および同時期の花袋による翻訳『マダム・ボヴリイ』（一九一四・六、新潮社）との比較を通じて、「春の名残」が時期的にも内容的にも、花袋の作品系列において、『田舎教師』から花柳小説、そして『時は過ぎゆく』への展開を解明する鍵となる重要な作品であることを明らかにした。時代の閉塞状況における一青年の死を描き出した『田舎教師』と、同様の長い閉塞状況を黙々と生き延びる一老人を描き出した『時は過ぎゆく』との間には、花柳界の深い閉塞の中で生き続ける芸妓の姿の「春の名残」における発見にまで至る、一連の花柳小説の試みが不可欠であったのである。

序章　出発期における花袋の志向——「『野試合』を読んで水蔭君に寄す」をめぐって——

一　花袋の出発点としての評論「『野試合』を読んで水蔭君に寄す」

一八九一年（明治二四）九月十一日の『読売新聞』附録に、「『野試合』を読んで水蔭君に寄す」と題する一文が「牛台　古桐軒主人」の署名で発表されている。周知のように、古桐軒主人とは、この時期、花袋が『千紫万紅』に発表した小説「瓜畑」（一八九一・一〇）、「寺の秋」（一八九二・一）、「山家水」（一八九二・三）などで使用している雅号であり、「牛台」とあるのも、一八八九年（明治二二）十二月から花袋が牛込区市ヶ谷甲良町十二番地に居住した事実と符合する。また、内容からいっても、江見水蔭の小説をおおむね肯定的に評したこの文章は、その年の五月に水蔭を訪問して成春社同人となって間もなかった当時の花袋にふさわしいものといえる。以上のことから、この評論は、『頴才新誌』への投書を除けば一般のジャーナリズムへの花袋の最初の登場となる記念碑的文章だと考えられる。

「『野試合』を読んで水蔭君に寄す」は、今日花袋研究者がひろく準拠する小林一郎『田山花袋研究——年譜・索引篇——』（一九八四・一〇、桜楓社）および宮内俊介「著作年表」（『定本花袋全集』別巻、一九九五・九、臨川書店）には記載されておらず、以降の新出資料の紹介においてもその存在は触れられていないようである。以上のことから、この評論は、従来研究者の間でほとんど注目されていなかったものと思われる。(1)こうした状況を踏まえ、本章では、その中に見られる同時代言説受容の痕跡を辿ることによって、花袋が当時の文壇の中にいかにして自己を位置づけ、自身の文壇的出発を企図したかを探ってゆきたい。そのことにより、「『野試合』を読んで水蔭君に寄す」の有する資料的価値も明らかになるはずである。

なお、ここで花袋が評する江見水蔭『野試合』は、一八九一年八月二十日、春陽堂より「文学世界」第七として刊行された。木版摺半紙本、十一丁の小冊ながら、表紙、口絵ともに極彩色の美本となっている。「文学世界」シリーズは全十二巻、『野試合』以前には第一に尾崎紅葉『七十二文命の安うり』（一八九一・三）、第二に山田美妙『猿面冠者』（一八九一・四）、第三に二十三階堂主人『かくし妻』（一八九一・四）、第四に漣山人『かた糸』（一八九一・五）、第五に忍月居士『辻占売』（一八九一・六）、第六に緑雨醒客『かくれんぼ』（一八九一・七）が出版されている。水蔭自身、『自己中心明治文壇史』（一九二七・一〇、博文館）において「当時の流行ツ子が皆顔を揃へたので、此中に自分の混つたのは、大分世間から認められた証拠であつた」と回想するものである。同書によれば、かねてより依頼のあった原稿を六月二十日に春陽堂まで持参し、堂主和田篤太郎から稿料七円五十銭を得たものという。

『野試合』は今日ではあまり知られていない作品と思われるので、初めにそのあらすじを確認しておこう。――旧藩士安塚徳右衛門の晩年の息子、当年十歳の徳次郎は、昨年入門した剣術の師山川一斎の企画した恒例の野試合に出場することになった。その前日、母のお福や姉のおすまは心配しながらも徳次郎を励まし、父の徳右衛門は家伝の武具一式を息子に与えてその活躍を祈った。当日、徳次郎は意気軒昂として野試合へ向かうが、最初の一本勝負にあっけなく敗れてしまう。そんな息子を徳右衛門は叱責するが、つづいて行われた源平戦では、徳次郎は見事に敵陣の炮燦を打ち割る手柄を立てる。試合を終えた徳次郎を迎えてお福とおすまは感涙し、徳右衛門もいつになく相好を崩して笑いながら「徳次、今日は大出来大出来」と息子に声をかけるのだった。

二　その他の『野試合』評との比較

本節では、『野試合』をめぐるその他の同時代評との比較をとおして、「『野試合』を読んで水蔭君に寄す」の特徴を確認してゆきたい。花袋以外の同時代人による『野試合』評としては、勘太郎「『野試合』」（『葦分船』一八九一・九・五）とX.X.X.「近刊の新著百種及文学世界と少年文学に就ての所感」（『国民之友』一八九一・九・三）の二篇を数えることができる。『自己中心明治文壇史』によれば、後者は内田不知庵の筆に成るものという。また、『野試合』は、「後に、イーストレーキ主筆の『東京スペクテートル』に英訳して転載された」（同書）とあるとおり、*The Tokyo Spectator* の第一巻第四号（一八九一・一二・一七）から第八号（一八九二・一・二二）にかけて、全五回にわたり The Champion として訳載されたが、その連載第一回冒頭に付された紹介文中の評は、短文ながら当時の水蔭および『野試合』の一般的評価を要約したものとなっているので、はじめにその引用を掲げておきたい。

The writer is exceptionally skilful in describing military scenes and battles.
The story itself is of the simplest description, and yet told with such an air of candour, that pleases for that very reason.

ここで、水蔭が戦闘場面の描写に特に優れた手腕を有するとされていることは、不知庵の文中「心陰流、一刀流、武者修行、業物（わざ）、鋭味（きれあぢ）、是等は水蔭氏の好物にして奇骨稜々との評あるも是が為めなり」とあるのと通じ、『野試合』の叙述はきわめて簡素だがその率直な語り口には好感が持てると評されていることは、最終的な価値評価を異にするものの、「文字も明了にして晦渋の語句なければ（縦令森厳荘高を欠くも）結構も淡泊にして硯友社員の濃厚主義を脱したれば（縦令雄大悲壮を見るを得ざるも）。げに面白し面白し」という不知庵の評や「あつけなき作意」を突く勘太郎の評と、叙述の簡潔さ――わるくいえば単純さや物足りなさを指摘する点で通底するものを持っている。これらの点については、花袋もほぼ同様の見方をしており、「勇気淋漓たる処を写すは水蔭君の得意なり、竜躍虎戦する状況を写すは水蔭君の御手のものなり」と勇猛な戦闘場面の描写に水蔭の長所を認めつつも、「平生の水蔭君の筆はどこかに逃げて仕舞ツて極めて粗雑なる極めて淡々なる筆に満足されしはいかにも不思議」と述べて、『野試合』においては戦いの場面の叙述が粗く、作者の長所が十分に発揮されずに終っていることを遺憾としているのである。これらの評言は、花袋も比較の対象として挙げる「宿直物語」（『読売新聞』一八九一・六・二七～七・四）をはじめとして、「剣客」（同紙、一八九〇・一〇・一～二六）や「骨武者」（同紙、一八九一・七・一五）といった歴史小説を多作していた当時の水蔭の創作状況[2]からして当然ともいえるが、不知庵と勘太郎の評の発表時期が花袋のものより僅かながら早いことを勘案すれば、花袋がそれらを参照しながら自身の論を組み立てた可能性も考えられる。

では、一方、花袋の評の独自性――不知庵や勘太郎の評との相違は、どのような点に求められるのだろうか。そこでまず注目されるのは、花袋が「二章三章の所」、すなわち「徳次郎が明日の試合を思ひ、床にいりても寐られぬあたりより当日の朝飯も咽喉に通らぬあたり」をとりわけ高く評価し、文末の「総評」において「小児の無邪気」と「親子の情」の描出を『野試合』における最大の長所として称揚している点である。たしかに、「小児の無邪気」の描出を作品の特色として挙げる点は、勘太郎の「柔弱可憐の一小童を主人公と仰ぎて野試合とは如何なものか仔細分らずに唯愉快々々と囃ながら其日を待兼て何となくそわつき夜の目も寝られぬ稚き者の心情をいとも巧に写し出しつ」という評価と一致するものであるが、一方、「親子の情」と「小児の無邪気」がともに最も端的に表現された母親の言葉と徳次郎の寝言――「なんの負けたりとて此体に怪我さへして呉れずばそれにてよき事ぞ。

源氏！源……鉢巻……勝ツた勝ツた〳〵。あ、此の子とした事が今のは寐言か」を引き、「妙なり、快なり。聖なり。此の一語にて母の慈愛いよ〳〵顕れ、徳次郎の無邪気ますます顕る」とまで賞賛する花袋の評価は、同様の箇所を「陳々腐々たる親子姉弟の情合を夾みしと云ふ迄」と嘲笑的な態度で切り捨てる勘太郎の評とは、明らかに一線を劃するものなのである。

このような「小児の無邪気」や「親子の情」への高い評価が注目に値するのは、それが先行する同時代評との相違点であるばかりでなく、これ以降に発表される花袋の初期小説の主要なモチーフに直結するものでもあるからである。たとえば、「『野試合』を読んで水蔭君に寄す」の一ヶ月後に発表された、田舎の子供達が畑の瓜を盗みにゆく情景をスケッチ風に描いた第一作「瓜畑」をはじめとして、捨て児の少女が養母に虐待されて夜遅く水汲みに出たところ、今は富貴の身となった実母に邂逅して救われるという「山家水」や、語り手が少年時代における優しかった姉の死を回想して「全体を貫くものはこの姉弟愛である[3]」と評される「落花村」（『国民新聞』一八九二・三・二七〜六・一九）など、子供の心情と肉親の愛をモチーフとする花袋の初期作品は枚挙に暇がない。こうした初期作品の内実と比較すれば、『野試合』評における「小児の無邪気」と「親子の情」への花袋の注目の背景には、そこに自身の創作における志向との共通性を発見したことがあると考えられる。いや、むしろ、『野試合』を評する行為をとおして、花袋は自身のモチーフを獲得する有力なきっかけを掴んだのだとさえいえるかもしれない。このように、「『野試合』を読んで水蔭君に寄す」は、先行評と基本的な観点を共有することでその評価を文壇に受け容れられやすいものとしつつも、評者花袋の創作における志向性を作品評価に介在させることによって、「小児の無邪気」と「親子の情」に力点を打つ独自の評価軸を導入することに成功しているのである。

三　逍遥・鷗外を中心とする批評言説の受容

だが、花袋評と他の同時代評との最大の相違点は、その文末におかれた「総評」の論理構成にある。そこには、後者の印象批評とはまったく位相の異なる、美学に基礎を置く演繹的な規範批評への志向が認められるからである。以下では、「総評」における花袋の小説論を、同時代の美学的批評言説の受容と再編による構築物として読み解いてゆきたい。「総評」の中核部分は以下のとおりである。

小説は評者のいふまでもなく美の発揮を目的とせざるべからず、又最も其美の結象美にして幽去不朽(ママ)健全ならざるべからず然して或は人を主とし事を主とし物を主とし想を主とす等各異なり。此篇十一枚目を円めて通読すれば恐らくは野試合といふ一箇の事を主とせられて其美を発揚せんとせられしもの丶如し。もし果して然らば此篇内面に於ては第二義に位するものなり則人、物を主とせる小説は個想を発揮するを得れど事並に想を主とせる小説にいたりては漸く類想を顕はすを以て止まるべければなりあ丶文壇の新将軍たる水蔭君の文才を以て尚第二義の小説に甘ずるか?

花袋の「総評」における小説論は、その冒頭で「小説は評者のいふまでもなく美の発揮を目的とせざるべからず」と述べて小説の目的を「美」と規定するところから出発する。小説の目的への真や善の関与を度外視し、「美」のみを単独にその目的として掲げる花袋の主張には、当時、イギリス経験論に代わって新たに移入されつつあったドイツ観念論系統の美学の反映——直接には森鷗外の論説の影響が認められよう。

「『野試合』を読んで水蔭君に寄す」より二年あまり前、鷗外はその「文学と自然と」（『国民之友』一八八九・五・一二）において、「最真の科学は事実のまゝに事実を写し得たるものなり」という命題に「最美なる美文は自然のまゝに自然を写すことなし」という命題を対置して「真」を目的とする科学と「美」を目的とする文学の差異を明らかにし、同時に「極美の美術は時として不徳を伴ふことを得べし」（傍点原文、以下同）との命題をもって、芸術が倫理的価値に律せられない独自の価値を有することを主張していた。それは、鷗外自身、後に『しがらみ草紙』（一八九二・二）への再録にあたって「明治文学の批評の上に善と美とを分ち、審美学の標準を以て批評の本拠としたるそも〳〵なるべし」との自負に満ちた付記を書き添えたことからも分かるように、文学評価の基準として明確に「美」を提唱した点で、近代評論史上、画期的な主張であったといえる。ただし、そこでは、「美文」すなわち芸術としての文学一般が問題とされており、その美学説の小説ジャンルへの適用は、「現代諸家の小説論を読む」（『しがらみ草紙』一八八九・一二）を俟たなければならなかった。鷗外はその文中、ツルゲーネフ「ルケリヤ」について「是勧善懲悪の結果は、決して此小説の目的に非ず。此小説は美を以て目的となし、これを達すると同時に偶然如是の勧化をなすのみ」と述べたり、「夫れ性質の細叙は未だ小説をなすこと能はず。彼は手段にして目的に非ざるが故なり。而して成美の目的をなすには定形なかるべからず」と説いたりしているが、それらの発言は、「勧善懲悪」と「性質の細叙」を小説本来の目的としてはともに否定し、「美」の実現をもってその唯一の目的と見做す、小説論における規範美学の立場の宣言にほかならなかったといえる。「小説は評者のいふまでもなく美の発揮を目的とせざるべからず」という花袋の主張の背景には、このような鷗外の美学的規範批評の受容があったと考えられるのである[4]。

　さて、つづく「幽去不朽健全」（「幽去」は「幽玄」の誤植か）以下の箇所も、やはり鷗外が石橋忍月との間に交わした幽玄論争を背景とするものである。忍月が「うたかたの記　鷗外漁史作、柵草子第十一号」（『国民之友』一八九〇・

一〇・一二三）末尾に「斯の如く賞賛するといへども、そは唯外形についていふのみ、其内面の果して健全にして不朽幽玄の意思精神なるや否やは別問題に属す」と付記したのが、花袋の「幽去（ママ）不朽健全」の直接の典拠であろう。すこし後にある「此篇内面に於ては第二義に位するものなり」という箇所における「内面」の用法なども、忍月によったものと思われる。

ところで、この忍月の発言に対し、鷗外は「答忍月論幽玄書」（『しがらみ草紙』一八九〇・一一）において「幽玄の何物たるか」を論じて「漸く進みて類想（ガツツングスイデエ）に至り、又進みて個想（インヂキヅアルイデエ）に至るときは、（「外山正一氏の画論を駁す」といふ文を看よ）其境地次第に具象的になり、複雑になり、遼遠になる」といい、「狭くいはゞ詩中の幽玄、広くいはゞ美術中の幽玄、是れ具象的の美に於て理路の極闇処に存ずるものゝみ。詩にても美術にても、此幽玄を会得するを悟といふなり。美術の天地には結象のために理路闇くなりたるが外に幽玄あるべからず、此幽玄を知るより外に悟あるべからず」と結論している。つまり、鷗外によれば、「幽玄」は文学における美が段階的に「類想」から「個想」へと移行するに従い、読者が作中の事件の発展経路を論理的に跡づけることが困難となるところに存している。「幽玄」と「個想」を相関的に論じたこの箇所は、花袋の「総評」における論理構成――すなわち「幽玄」を小説の有すべき要素の一つとして掲げた上で、「類想」の表現よりも「個想」の表現を上位に置く主張の、重要な典拠となったと推測できるのである。

なお、「類想」「個想」という概念がハルトマンに由来することを思えば、これは花袋におけるハルトマン美学の受容という観点からも注目すべき事柄であろう。なぜなら、従来、花袋の鷗外を媒介としてのハルトマン受容は、一九〇一年（明治三四）の『野の花』論争を中心に考察されてきたが(5)、本資料の検討により、既にその十年前の時点で、花袋が鷗外によるハルトマン美学の紹介に関心を寄せていたことが明らかとなるからである。

このように、主として鷗外に拠りつつ、あるべき小説の姿を提示した花袋は、つづいて小説の類型を「人」「物」

「事」「想」をそれぞれ主とする四種に分類するにあたっては、おおむね坪内逍遥「新作十二番のうち既発四番合評」（『読売新聞』一八九〇・一二・七〜一五）に依っている。周知のように、逍遥はその文中で「小説三派」の説を展開し、「固有派」を「事を主として人を客とし事柄を先にして人物を後にする者」、「折衷派」を「人を主として事を客とし事を先にして人を後にする者」、「人間派」を「人を因として事を縁とする派」と定義している。花袋文中、小説分類の基準としての「人」と「事」については、ここにその直接の典拠を求めることができよう。

では、「物」と「想」についてはどうか。「想」に関しては、この逍遥の文中に、これを「人」や「事」と同列の批評用語として一字単独で用いた例は見られないが、ほぼ同じ意味内容を持つ「理想」の用例を指摘することができる。逍遥は上に挙げた三派の他に、補助的に「或一種の理法を得て之を活写せんとするもの」と定義される「理想派」を立て、それを「折衷派」の別称である「人情派」と親和性のあるものとして「大概の人情派はをさ〳〵理想派の作者なりしを信ず」と述べ、「人情派の多少理想派ならざるを得ざる」ことを指摘している。その箇所で「人情派の特質」の一つとして「理想を先にして人間を後に」することが挙げられているが、これを「折衷派」の定義中にある「事を先にして人を後にする」という字句と比較すれば、逍遥論において「理想」と「事」がパラレルな関係にあることが理解できる。そしてこれは、花袋が『野試合』評において「想」と「事」を同じ範疇に分類しているのと一致する考え方といえるのである。

さて、一方の「物」は、この逍遥の文中に、術語としては僅かに一箇所しか現れない。山田美妙『嫁入り支度に教師三昧』（一八九〇・一〇、春陽堂）の評として「悪周囲といふ物（即ち事）によりて人を見はす」とあるのがそれだが、そこでは明らかに「物」が「事」と同義に用いられており、花袋が「物」と「人」を同類とし、「事」と「想」に対立させているのとは正反対の用法となっている。だが、逍遥は「梅花詩集を読みて」（『読売新聞』一八九一・三・二二〜二四）においては、「理想家（アイデヤリスト）」たる「叙情詩人（リ、カル、ポエト）」が「心の世界」「虚の世界」を主とするのに対し、

「造化派（ナチユラリスト）」たる「世相詩人（ドラマチスト）」は「物の世界」「実の世界」を主とすると述べており、こちらは花袋における「物」とほぼ等しい用法となっている。

以上のことから、花袋文中、「人」と「事」についてはほぼ確実に逍遥の小説三派の説にその典拠を求めることができ、「想」についても逍遥の「理想」に由来するものと推測することが可能であるが、「物」については、逍遥自身の用語法の揺れを背景として、「新作十二番のうち既発四番合評」でなく「梅花詩集を読みて」の用法に相応するものと見做すことができる。

では、花袋が「人、物を主とせる小説は個想を発揮するを得れど事並に想を主とせる小説にいたりては漸く類想を顕はすを以て止まる」と述べて、逍遥の小説三派説を鷗外の「類想」「個想」概念に関連づけた典拠は、どこにあるのだろうか。両者を関連づけて論じた最も早い時期の文章は、鷗外自身の「逍遥子の新作十二番中既発四番合評、梅花詞集評及梓神子（読売新聞）」（『しがらみ草紙』一八九一・九・二五）であると思われるが、そこで鷗外は、小説三派をそれぞれ「ハルトマンが哲学上の用語例」に対応させ、「固有は類想（ガツツングスイデエ）なり、折衷は個想（インヂヰヅアルイデエ）なり、人間は小天地想（ミクロコスミスムス）なり」と述べている。しかし、「『野試合』を読んで水蔭君に寄す」の発表は九月十一日であるから、もし実際の刊行が奥付どおりとすれば、花袋が同月二十五日発行の『しがらみ草紙』掲載のこの鷗外の論を参考にすることはありえない。しかも、鷗外文中、「われはハルトマンが審美の標準を以て、画をあげつろひしことあれども、嘗て小説に及ばざりき」とあるとおり、鷗外はそれ以前には本格的に「類想」や「個想」といったハルトマンの概念を用いて小説を評したことはなかったのである。したがって、同日以前に小説三派と「類想」「個想」を相関的に論じた何らかの文章が他に見出されないかぎり、両者を結びつけて小説評価の基準とする「総評」における論法は、花袋独自の発想であったと考えざるを得ない。

このように、花袋は「『野試合』を読んで水蔭君に寄す」の「総評」において、鷗外の美学的規範批評を中心に、忍月や逍遥らの批評言説も積極的に受容し、それらを互いに結合することで、その他の印象批評風の『野試合』評との差異を創出していた。花袋はここで、自身の美学上の教養と同時代の言説状況に対する精通を示そうとしていたともいえる。それは、今日から見れば、いささか衒学的な裁断批評に陥っている憾みもあるが、ジャーナリズムへの最初の登場にあたって諸種の同時代言説を受容し、それらを相互に関連づけることで自身の批評の標準を定めようとした花袋の試みには、一定の評価が与えられてよいであろう。

ここまで論じてきたように、「『野試合』を読んで水蔭君に寄す」において、花袋は先行評との共通性によってジャーナリズムへの初登場となる自身の論に一定の妥当性、文壇内部での承認されやすさを確保しつつも、以降の創作における自らの志向を予見させるかのように、「小児の無邪気」と「親子の情」の描出をきわめて高く評価することによって、それら先行評との間に差異を生じさせることに成功していた。さらに、逍遥の小説三派説と鷗外の規範美学をはじめとする同時代の批評言説を貪欲に摂取しながら、それらを相互に結合させることで独自の評価軸を形成し、印象批評風の諸他の『野試合』評とは異なる次元で議論を展開しようとする野心的な試みもそこには見られた。

そして、同時代言説の受容と再構築によって自身の論の卓越性を獲得しようとするこうした試みは、当時の文壇における方向性としては、人的なつながりにおいては硯友社の周辺に位置しながらもその主流とは距離をとり、むしろ鷗外の新声社への接近を示すものであったといえる。実際、これより後、一八九二年（明治二五）一月から、花袋は『しがらみ草紙』に定期的に和歌を寄稿するようになり、さらに同年十一月、「思想――殊に詩想に於て、所謂硯友社風に合はなかつた」（前掲『自己中心明治文壇史』）という水蔭が雑誌『小桜縅』を刊行するにあたっては、その「唯一の相談相手」（同書）となって同誌に多くの創作を発表することで、徐々に硯友社主流から離脱する姿勢を明らかにしてゆくのである。

注

（1）「『野試合』を読んで水蔭君に寄す」は中島国彦編『文藝時評大系　明治編』第一巻（二〇〇五・一一、ゆまに書房）に既に収録されているが、同大系においてはその執筆者が花袋であることは指摘されていない。

（2）『近代文学研究叢書』第三十八巻（一九七三・八、昭和女子大学近代文化研究所）は、水蔭の多くの小説を分類整理した中に「歴史小説」の項目を立て、これらの小説の概観を行っている。

（3）吉田精一『自然主義の研究』上巻、一九五五・一一、東京堂

（4）なお、ここで、その美が「結象美」でなければならないという花袋の主張も、鷗外が「矢野文雄氏と九鬼隆一氏との美術論」（『しがらみ草紙』一八九一・一）において、「美の結象階級」を七段階に分けたうち、その最高段階を「結象美　即ち小天地的にして且つ個想的なるもの」としたことに基づいている。

（5）坂井健『没理想論争とその影響』二〇一六・二、思文閣出版

第一部　花袋文学の形成基盤

第一章　一八九〇年代の紀行文におけるジャンルの越境と人称の交替

――『日光』を中心に――

一　紀行文／小説のジャンル区分と一人称／三人称の人称対立

花袋は『文章世界』増刊「現代文章の解剖」（一九一一・一〇・一五）に寄せた評論「現代の紀行文」において、「紀行文」を「作者の一人称で旅行を書いたもの」と定義し、「小説」とのジャンル上の差異について「小説は人事天然を再現させるやうに描くのに反し、紀行文はいつも作者が自ら名乗り出て書いて居る」と述べた。そして、紀行文ジャンルにおける「小説的描写」の試みは、ジャンル自体の持つ「作者の一人称」という人称上の制約により「到底その目的を完全に達することが出来ない」とした。ここで、当時すでに小説家および紀行文家として文壇的地位を確立していた花袋は、両ジャンルを截然と区分されたのと見做し、語り手が表に現れない「再現」の形式を小説ジャンルに、「作者の一人称」による語りの形式を紀行文ジャンルに、それぞれ自明なものとして割り当てているのである。[1]

ところで、従来、花袋における小説様式の形成を検討した諸研究には、ジャンル論的観点から紀行文の影響を検討して一人称小説を重視する立場と、[2]人称論的観点から三人称の語りの獲得過程に重点を置いて紀行文の積極的意義を否定する立場とが並存していた。[3]一見対立するかに見えるこの二つの立場は、いずれも「現代の紀行文」における花袋の見解と同様、紀行文＝一人称、小説＝三人称というジャンルと人称の結びつきを暗黙裡に前提とする点で、共通の地盤に立っている。だが、こうした結びつきは、はたして自明のものであろうか。一見自明のものに見えるその結びつきを問いなおすことは、きわめて困難な作業ではあるが、幸い「人称」という要素[4]については、花袋自身の出発期に、一人称と三人称の交替によって紀行文から小説へのジャンルの越境を試みた作品が存在する。『日光』（一八九九・七、春陽堂）がそれである。そこには、以下で詳述するように、一人称／三人称、あるいは紀行文／小説という対立図式が固定化する以前の、人称とジャンルをめぐる豊かな実験のあとが認められるのである。

これまでに、前者の人称について言及した『日光』の先行研究は指摘できず、その検討は本章の大きな課題となる。後者のジャンルに関しては、福田清人[5]が「案内記風の紀行小説」と見做す一方、小林一郎[6]は小説的構成を加味した紀行文と解しているが、そうした両氏による分類の揺れ自体、『日光』におけるジャンルの越境を裏付けるものといえる。なお、「案内記」の要素については、『日光』本文ではおおむね抑制する方向が取られている。その例としては、東照宮や満願寺といった史跡名勝の叙述箇所で、案内記風の平板な記事を避けるため、殊更に無常観の表出がなされていることや、千手ヶ浜についての叙述箇所で、『日光山志』（一八三七）巻之四の地名や距離を明示した地誌的記述を下敷きとしながらそれらの具体的データを削り、「仙境」の「閑寂にして清浄なる」イメージだけを読者に伝えようとしていることが指摘できる。こうした傾向は案内記の要素に富んだ近世的紀行の主流から距離を取り、西行から芭蕉に連なる中世的紀行への回帰を目指したものと考えられ[7]、島崎藤村「木曾谿日記」（『文学界』一八九七・一〇、一八九八・一）に代表される文学界派の紀行文とも軌を一にする。

もちろん、『日光』における実験的様式も、けっして同時代の文化状況と無縁ではあり得なかった。たとえば、二〇世紀初年代における紀行文流行の背景を多角的に分析した前掲持田論文は、その第一要因として世紀転換期における鉄道の全国的敷設を挙げているが、日光に関しても、そうした鉄道を中心とした交通網の発達は、一八九〇年（明治二三）八月の日本鉄道日光線の全線開通となって現れているし、それと時を同じくして刊行されたSatow, E. M. and Hows, A. G. S. *A Handbook for travellers in central & northern Japan.* 2nd ed. London: Murray, 1884.[8]の抄訳『英和双覧日光案内記』（狩野辰男訳・大久保忠恕補注・中村正直閲、一八九〇・八、大久保忠恕刊）は、「外国人の所見を内国人に知らしむる」ことを目的としたという緒言の一節からも窺われるように、藤森清[9]のいう「西洋近代起源のツーリズムの想像力」の先駆的な移植例となっている。そのように風光明媚な観光地として国内外に喧伝された日光を素材としたことも、同地をめぐって量産される諸他の紀行文や旅行案内との間に明確な差異を創出する必要を作者に生じさせ、人称およびジャンルの混合という実験を促す一要因となったと推測される。

こうして、ツーリズムとの相関のうちに形成された『日光』の様式は、世紀転換期における小説ジャンルの様式の形成を検討する際ばかりでなく、当時の文化状況における紀行文ジャンル革新の実態を検討する際にも、範例とするに相応しいものである。ゆえに以下では、当時の紀行文とその周辺作品に見出される人称の交替および小説ジャンルへの越境について、田山花袋『日光』を中心に考察を進めることとしたい。

二　『日光』冒頭部における三人称の使用とジャンル規範からの逸脱

「春の初、二人の若者都より来りて、日光大谷川の急湍に枕めるある山寺の階上に寓しき。」――読者は、本文冒頭のこの一文からして、通例の紀行文における一人称使用というジャンル規範からの逸脱、あるいは変調に気づかされる。だが、この変調は、それが冒頭に位置するがゆえに、純粋に作品本文に内在した方法によっては指摘できない。すくなくとも本文全体を通読して語りの基調が一人称だと確認した上で回顧的に指摘できるに止まるものであろう。しかし、当時の読者はこの一文を読んだ時点で、直ちにそこにある変調を感得したにちがいない。それは、「日光」という表題、小説家としてよりも紀行文家として一般に名を知られていた田山花袋の署名、そして霧降滝、中禅寺、戦場が原などの地名を数多く含んだ目次、さらには眠猫をあしらった表紙絵や陽明門を写した口絵写真といった書物としての体裁をも含むパラテクストにより、この文章の属するジャンルが紀行文だという認識が、本文を読む以前に読者に予断として与えられているからである。[10] 蒲原有明「『日光』を読む」（『読売新聞』一八九九・八・七）が「花袋氏が詩的の筆に伴はぬ」「表紙」や「写真銅版」を遺憾としたのも、パラテクストとテクストの間に感じられる違和感の表明にほかならない。

ところで、あるジャンル様式からの逸脱は、多くの場合、他のジャンル様式への接近を意味するが、ここでの「二人の若者」という三人称の使用は、小説ジャンルへの接近を示すと思われる。その一文からは、直ちに国木田独歩「源叔父」（『文芸倶楽部』一八九七・八）の「都より一人の年若き教師下り来りて佐伯の子弟に語学教ふること殆ど一年、秋の中頃来りて夏の中頃去りぬ」という冒頭が想起される。「源叔父」が『日光』の素材となった照尊院滞在中に独歩の書き上げた作品だという事実を考慮に入れるなら、この類似は単なる暗合とはいいがたい。「源叔父」が独歩の小説ジャンルにおける第一作であること、そしてちょうど「源叔父」の原稿送付を記す一八九七年五月十八日をもって『欺かざるの記』が擱筆されていることに注意したい。たとえこれ以降、「武蔵野」（初出「今の武蔵野」『国民之友』一八九八・一、二）や「死」（『国民之友』一八九九・六）といった重要な作品のいくつかが一人称で書かれることとなるにしても、この日光滞在の時期、「独歩はもはや自己を独白形式で書くのに倦きてきた」と推測し、五月十八日を「作者の孤独と憂愁の精神が、老船頭の形をかりて世間的に立上つた日」と規定する塩田良平[11]の基礎的見解は揺るがない。独歩にとっては、前者が慣習的に一人称を前提とするものであるがゆえに、後者が本来人称に関して完全に自由なジャンルであるにもかかわらず、日記から小説への飛躍のためには三人称の使用が不可欠だと思われたのではないか。こうして、「源叔父」における三人称の使用が日記から小説へのジャンルの転換を示す重要な指標だとすれば、その「源叔父」との相関を有する『日光』冒頭における三人称の語りも紀行文の枠内での小説ジャンルへの接近と見做すことができる。なお、この仮説は、両者において小説への転換の起点をなした両ジャンルが、日記紀行と一息にいわれる類縁性を持つことによっても強化されよう。

三　子規「叙事文」における映し手的人物の優勢と人称対立の無効化

では、『日光』本文冒頭における紀行文ジャンルの規範からの逸脱、すなわち小説ジャンルへの接近には、どのような背景があったのだろうか。それにはまず、当時の文壇と出版界における紀行文の飽和状態が考慮されるべきである。一八九〇年代から一九〇〇年代にわたる時期は「紀行文の時代」と称されるが、紀行文の量の増加は必ずしも質の向上を意味するものではなかった。たとえばこの時期、無署名の時評「紀行文の流行」（『中央公論』一八九九・八）は大橋乙羽『千山万水』（一八九九・二、博文館）、高島吉三郎『海水浴』（一八九八・六、明文社）、村松蓼州『山水小景』（一八九八・八、盛文堂）などのほか『日光』をも挙げて「近来夏期探涼者の気に投ぜんが為、漫に公刊する旅行案内的記行文」の劣悪さを批判しており[12]、それに実作者の立場からいちはやく反論した久保天随「文界時評」（『中学世界』一八九八・一〇・二五）ですら「現今流行の紀行文にいたりては、誠に或人のいへる如く、旅行案内の焼直位の者にして、却つて名所図絵にも及ばざるものあり」との譲歩を余儀なくされる状況であった。そうした同時代に量産された紀行文との差異は、大別して内容と語りという二つの側面からもたらされる。前者の方法を取る紀行文は通常では旅行の困難な土地を素材とすることで読者の好奇心を惹こうとするが、一方の語りにおける新しさの追求はどのような試みとなって現れていたのか。

この点に関しては、「紀行文の時代」のうち、『日光』の出版された当時が「美文及び写生文流行時代[13]」でもあったことが第一に注目される。正岡子規が一八九八年十二月一日付の石井祐治宛書簡の中で「何でも書けば紀行になると思ふは博文館連の気取に類し候[14]」と述べているのは、当時、塩井雨江・武島羽衣・大町桂月の合著『美文韻文花紅葉』（一八九六・一二、博文館）や桂月の『美文韻文黄菊白菊』（一八九八・一一、博文館）といった文集によって人気を博しつつあった美文作家達への批判と解されるが、本論の文脈においては、子規による写生文の立場からの美文への批判が、紀行文ジャンルの枠内で行われていることが重要である。[15]

その批判の延長線上に、子規は有名な「叙事文」（『日本附録週報』一九〇〇・一・二九〜三・一二）の論を立てることとなるが、そこでも叙事文の作例としてまず掲げられるのは紀行文ジャンルに分類可能な「須磨の景趣」を描く三種の文である。子規はそこで「只ありのまゝ見たるまゝに其事物を模写する」と述べているが、掲げられた三つの文例を読めば、それらが実際には語りの問題に深く関わっていることが了解される。すなわち、第一例から第二例にかけては漢文体から言文一致体への文体の転換がなされ、第二例から第三例にかけては、前者の分量が少ないため十分明瞭ではないけれども、外的遠近法（全知）[16]から内的遠近法（制限された視点）への遠近法の転換と、それに付随する語り手的人物から映し手的人物への叙法の転換[17]がなされている。また、子規が第三例について「作者を土台に立て作者の見た事だけを見たとして記さんには、事柄によりて興味の深浅こそあれ、とにかく読者をして作者と同一の地位に立たしむるの効力はあるべし」といっている解説箇所からも、「作者」という用語に拘泥しすぎなければ内的遠近法への志向が比較的たやすく読み取られるし、「見る」ことの強調に注意を向ければ映し手的人物への志向も観取しうる。このうち後者は、読者への効果において、シュタンツェルが映し手的人物を「読者に直接性の錯覚を抱かせるところの、否定もしくは排除された媒介性」の形式としたこととも一致する。左にその第三例の一部を掲げたい。

夕飯が終ると例の通りぶらりと宿を出た。燬くが如き日の影は後の山に隠れて夕栄のなごりを空に留めて居る。街道の砂も最早ほとぼりがさめて涼しい風が松の間から吹いて来る。［……］盆のやうな月は終に海の上に現れた。眠るが如き海の面はぼんやりと明るくなつて来た。それに少し先の浜辺に海が掻き乱されて不規則に波立つて居る処が見えたので若し舟を漕いで来るのかと思ふて見てもさうで無い。何であらうと不審に堪へんので少し歩を進めてつく〴〵と見ると真白な人が海にはいつて居るのであつた。併し余り白い皮膚だと思ふてよく見ると、白い著物を著た二人の少女であつた。少女は乳房のあたり迄を波に沈めて、ふわ〳〵と浮きながら手の先で水をかきまぜて居る。かきまぜられた水は小い波を起してチラ〳〵と月の光を受けて居る。如何にも余念なくそんな事を遣つて居る様は丸で女神が水いたづらをして遊んで居るやうであつたので、我は惘然として絵の内に這入つて居る心地がした。

ここでは、冒頭以下、末尾の一文に至ってはじめて「我」という人称代名詞が現われるまで、精細に写される「須磨の景趣」を感受する主体が誰であるかは、全く明らかにされていない。かといって、一連の風景描写は、全知の視点によるのでもなければカメラ・アイによるものでもない。そのことは、たとえば最初の三つの文の続き方からして、第二文の「夕栄のなごり」を眺め、第三文の「涼しい風」を肌に感じているのが、第一文で「夕飯が終ると例の通りぶらりと宿を出た」とされる身体性と人格性を備えた一人の人物だと判断される点からも、既に明らかである。では、この人物は、末尾で明確に「我」と指定されるまでの段階においては、人称論的にいって一人称の人物と規定されるべきなのか、それとも三人称の人物と規定されるべきなのか。——たしかに、主語が省略され、しかも他に何ら人称を推測させる徴標が文中に現れない場合、読者は慣習的に主語の位置に一人称代名詞を補いがちであるということ、さらに子規がこの文例の目的を論の初めに「或る景色又は人事を見て面白しと思ひし時に、そを文章に直して己と同様に面白く感ぜしめんとする」（傍点引用者）と説明していることからすれば、風景を見ているのは一人称の人物だと考えられるかもしれない。しかしながら、注意すべきは、この文例においては読者がこの人物を「我」でなく「彼」と判断する可能性が、最後の一文を除いて、完全には排除されていないという点である。「我」という人物の明示される末尾の一文があってこそ、読者はそれまでの文で省略されていた人称代名詞も「我」であったとほぼ確実に推定することが出来るけれども、その箇所に読みが到達するまでの段階では、いかに慣習的に強くそのように読もうとする傾向が読者に与えられているとはいえ、省略された人称代名詞が「我」でなく「彼」だと判断される可能性も、完全に否定しきってしまうことはできないのである。つまり、そこにあるのは人称の不定な映し手的人物をとおした風景描写であり、その人物を指示する人称代名詞の一貫した省略によって、読者にもたらされる「直接性の錯覚」は非常に効果的に強化されているのである。そして、そのように映し手の意識をとおして行われる叙述においては、人称の入れ替えは相対的に容易なものとなる。シュタンツェルの言を借りれば「《作中人物に反映する物語り状況》もしくは内的独白を用いての）意識の描写においては、〈一人称／三人称〉という対立はその構造的な意味を失ってしま」い、一人称と三人称の対立は最終的に無効化されるに至るのである。

これを別の角度から見れば、この文章は最後の一つ手前の文まで人称に関して無記であるため、最後の一文における「我」を「彼」と書きかえてみても、その他の箇所を書き改める必要はほとんど生ぜず、読者が何らかの違和感を抱くこともないと思われる。ただしそれには、紀行文ジャンルが一人称の語りと慣習的に強く結びついているがゆえに、この文章全体を紀行文でなく小説に帰属させるというジャンルの転換が、読者の意識の中で自然に行われるという一つの条件が必要となる。つまり、この「須磨の景趣」を写し出す紀行の文例は、ただ一つの人称代名詞の置換によって小説の描写部分に転じる可能性を含んでいるのだ。この文例は、人称の交替そのものを含むことはないとはいえ、交替が無理なく行われるための下地となる人称対立の無効化が、人称代名詞の省略という文体上の特色や、映し手的人物の優勢という叙法上の傾向をとおして成し遂げられている点で、写生文の語りにおいても人称交替による紀行文から小説の方向へのジャンルの越境が確実に準備されつつあったことを、示唆するものとなっているのである。

四　『美文韻文花紅葉』におけるジャンルの越境と人称の交替

では、一方の美文に関してはどうか。大町桂月は『美文韻文花紅葉』の「叙」において「美文」の占めるジャンル的位置の確定を試みた。すなわち、言説の諸ジャンルはまず「議論叙述の文」と「詩」を本質とする「文学」とに大別され、後者は「韻文」と「美文」に区分されて、さらに「美文」の下位分類として「小説」と「戯曲」が立てられるが、なお細別すればこの他に「純粋の美文」を措定することができる。――ここで注意すべきは、「純粋の美文」のジャンル規定が消極的なものに止まっている点である。「小説は一種の美文なるべく」という譲歩によって広義の美文への小説の包摂が認められる一方、狭義の、桂月自身の言い方では「純粋の」美文を小説から分かつ弁別特徴は、なんら積極的には与えられていない。したがって、「美文」というジャンルは、その純粋性の主張とは裏腹に、小説との隣接性を有しつつ、随筆や紀行といったかなり幅広い散文の諸形式を包含するものとなっているのである。そして、こうしたジャンル規定の曖昧さと柔軟さは、隣接する諸ジャンル間の越境を、比較的容易なものとするであろう。実際に、今日の感覚から『花紅葉』に収められた「美文」をジャンル分けすれば、小説として雨江「折太刀」「ゆく水」「笛の音」、羽衣「春の夢」、桂月「夢の跡」「古塚」を、随筆として雨江「竹馬の友」、桂月「墓畔の秋夕」「あだ形見」「病院」を、紀行として桂月「日光山の奥」と羽衣「秋の山ぶみ」を挙げることができるはずだが、羽衣「金明水」「露分衣」、桂月「荒寺」「須磨の一夜」「荒野の鶺鴒」など、一人称の語り手が旅先で出会った人物の口から何らかの話を聞くという枠物語の形式を共有する作品群は、一義的なジャンルへの振り分けが難しく、紀行風小説あるいは小説風紀行とでも呼ばれるべきものである。こうして、美文においても、諸ジャンルの混合に対するその全般的な柔軟性を背景として、紀行文の基盤からの小説の形成が窺われるのである。

また、人称の交替については、その手法が作品解釈に対して有する意味の重大さによって、塩井雨江「笛の音」(初出『文芸倶楽部』一八九六・七)が注目される。「笛の音」の語りにおいては「ふる里の忍ぶの乱れ、いかならむ。昨日今日、都も秋の色ふけて、はらはぬにこぼるゝ萩の上葉の露もろく、風なきにしをるゝ尾花の袖の影やせて、もの思ふとにはあらねども、何となくながめらるゝ夕暮の宿」(圏点原文、以下同)という冒頭からして、映し手的人物の優勢が感じられる。主語の省略、内言を直接提示する冒頭の一文、「昨日今日」という語り手に媒介されない直接話法に特有の時間定位、「何となくながめらるゝ」という自発表現などは、いずれも人称の交替が目立たずに行われ得る、映し手的人物の優勢な意識描写の存在を示唆している。たしかに、主語の省略をはじめとするこうした現象は、古典的和文脈に通有の事柄ではあるけれども、そうした文体の一般的特性を活かしつつ、人称指示の変動がいかに物語内容のレベルと呼応する形で効果的に行われているかという点こそ、「笛の音」の語りにおいて注目すべきところなのである。

さて、「笛の音」において、語りの基調をなす一人称「われ」と同一人物を指す三人称「文世」が地の文において集中的に投入されるのは、「われ」の親しくなった姉弟、雪野と雪江の実母が病死する場面においてである。その後、継母が実子を産んでから二人の姉弟は疎まれ、文世=「われ」もその家から次第に遠ざけられるようになるが、まさにそのように幸福な幼少期に終止符が打たれる契機をなす臨終の場面において三人称への人称交替がなされている事実は、作品解釈上に重要な帰結をもたらすこととなる。つまりそれは、この作品において「文世」という三人称が使用されるのは幸福な幼年時代の最後の瞬間にほかならず、友人の実母の死を境として、以降その幸福はけっして「われ」を訪れることはなかったという解釈である。この解釈の妥当性は、それより後の部分では語りが一人称に復帰し、ただ一度の例外を除いて二度と三人称を交えることがないという事実によっても強化される。「笛の音」の語りにおいて、「文世」という三人称は、幸福な幼少期と幸福の失われたそれ以後の人生の時期とを明確に対比し、回想する現在と回想される過去との距離を際立たせる効果をもたらしているのである。

『花紅葉』所収の諸作品におけるジャンルの曖昧さや、「笛の音」における和文脈の特色に立脚した人称交替を、前章で解明された「叙事文」における人称対立の無効化と比較すれば、従来対立的に考えられがちだった写生文と美文の双方が、紀行文・小説間のジャンルの越境、および映し手的人物の優勢に依拠した一人称・三人称間の人称交替の可能性において、共通の様式傾向を有することが明らかとなる。そして、これを紀行文ジャンルの側から見れば、人称の交替と小説ジャンルへの接近こそ、同時代の紀行文の飽和状態からの脱却を目指して行われた語りにおける形式努力のあらわれであったといえるのである。

五　『日光』における人称の交替の諸様相とその定式化

『日光』における三人称使用によるジャンル規範からの逸脱も、美文や写生文といった同時代の流行が共有する上記の様式傾向の観点から説明される。しかしながら、『日光』においては、人称の交替が頻繁かつ大規模に行われているため、その手法のより詳細で多岐にわたる分析が可能となる。しかも、後に触れる西洋文学の引用からも窺われるように、『日光』本文の文体が欧文脈を多分に摂取したものであることも、人称交替の効果を高める一つの要因となっている。そのことは、特に雨江「笛の音」との文体比較によって明らかにされる。つまり、「笛の音」は主語の省略が容易な和文脈ゆえに人称の交替を円滑に導入することに成功していたが、それは逆にいえば読者にあまり強く意識されない性質のものであり、標準的文体からの逸脱の度もそれほど高くはないと考えられる。一方、

『日光』はその欧文脈の摂取ゆえに主語の明示される場合が比較的多く、人称の交替が和文脈におけるより目立ちやすいため、読者の読みを立ち止まらせる脱習慣化の効果が強化されているとともに、交替の際、より複雑な補助手法が要求されているともいえるのである。

以下の分析では、『日光』が紀行文のジャンル規範によって一人称を基調とするがゆえに、一人称から三人称への交替を「変調」と呼び、三人称から一人称への交替を「復帰」と呼ぶ。また、その二つの人称の交替に挟まれた三人称の使用箇所を「変調の持続部分」と名づける。なお、『日光』にも必ずしも人称の明確でない映し手的人物の優勢な叙述箇所が存在するが、その場合、「われ」と同一人物を指すために初めて明示的な三人称（「かれ」「若者」「姿」など）が用いられる箇所から、同じく明示的な一人称（「われ」「われ等」など）が地の文で用いられる箇所までを変調の持続部分と見做す。そのようにして得られる部分は、『日光』初版の頁数で示せば、①一〜一一、②二四〜二五、③八七〜九二、④九八〜一〇〇、⑤一〇五、⑥一一〇、⑦一四五頁の、合わせて七箇所となる。

これらのうち、最初に目を惹くのはやはり冒頭における変調である。それは既に小説ジャンルへの接近として意味づけられたが、なぜ他ならぬ冒頭部においてそのような変調がなされたかという理由については、必ずしも十分に説明されていなかった。それにはまず、冒頭におけるジャンル規範の侵犯が、最も強力に当該ジャンルの惰性化と読者の読みの習慣化とを阻止しうる点が挙げられる。たとえば、「紀行文の冒頭」の項を立てて「紀行文に筆を執らんとするもの、まづ第一に此点に顧慮せざるべからざる也」と注意を促す羽田寒山『紀行文作法』（一九〇〇・七、矢島誠進堂書店）は、その箇所で花袋の紀行文の書き出しを「清新、学ぶべきものあり」と評している。そこで文例として引かれる「秋の日光山」（『中学世界』一八九八・一一・二五〜一二・二五）の「清新」さは、通常の紀行文が旅への出発から始まり順次時間軸に沿って展開するのと異なり、以前宿泊した寺の住持からの書簡を契機に「我」が過去の旅行を想起する導入部の設定によって、本文の主要部分がすべて後説法で語られることになるという、時間的順序の操作に基づいている。ただ、そのような物語言説の時間にかかわる特異性は、人称に関するそれに比べれば、いまだ紀行文ジャンルの規範を侵犯するほどのものではない。その意味で、『日光』の冒頭は、花袋の以前からの冒頭の脱習慣化を志向する形式努力が、さらに極端に推し進められた結果と見做すことができる。

なお、人称の交替が冒頭でなされる他の理由としては、作品全体の冒頭や末尾、またはある章の初めや終わりにおいての方が、中間部においてより人称の交替が容易だという技術的な事情が考えられる。実際、『日光』に現れるそれぞれ七回の変調と復帰のうち各二回がそうした箇所を利用して行われているのである。

一方、非常に手の込んだ物語り状況の動態化によって三人称への変調がなされているのは、③においてである。「中禅寺沿道の諸景」を描くことを目的とするその変調の準備段階では、はじめに「あくる日も猶雨！」という一文一段落の形式と感嘆符により強調された体験話法風の表現が置かれることで、「物語る「我」」と「体験する「我」」は、さしあたり明確に区分されずに一体化した状態で現われる。そして、「物語る「我」」は、「体験する「我」」の物語世界における移動に即して次々に「沿道の諸景」を語ってゆく——というより映し出してゆくようにみえる。この箇所には、人称が明示されない点や「認め得たる」「顕れ出づ」「見えがくれして」などの視覚に訴える表現が多用される点で、映し手の優勢な「叙事文」の第三例と通底するものが感じられる。だが、次の箇所においてそのような物語り状況は一変し、三人称への変調が生じることとなる。

見よ、裏見瀑のかゝりたる荒沢の谷の今しもいかに異りたるおもしろき趣を呈したるかを。谷を埋めたる深緑は、皆烈しき風雨を受けて、ざわ〳〵と波の騒ぐが如くざわつき渡り、四壁より乱れ落つる小瀑の音は、更にそれに和して、一種秋の末の落葉の木枯に逐はるるごとき音を成し、錯雑、動揺、参差、任放などの形容詞は、この春の逝かんとする深谷のうちに名残なく満ちわたれり。ふとその新緑と新緑と織り乱され雨声と水声と交り合ひたる細き絶崖に沿ひたる路の将に一大奇岩の向ふに曲らんとせし処に、俄かに地より湧出たるもの、やうに、蝙蝠傘を翳したる二人の若者の姿はあらはれ出ぬ。渠等はやがて裏見の瀑のかゝれる深谷へと進み入りしが、一つの姿の茶店の畔に傘を傾けて頻りに瀑の壮観を眺むる間に、一つの姿は雨に湿ほひたる黒き岩の上を猿のやうに走り登りて、危ふげなる瀑の裏へと一散につたひ行くさま明かに見えぬ。されどこれも瞬く隙にて、富士見峠より落ち来れる黒き雲霧は包むがごとくこの深谷にかゝりたれば、二人の姿もいつかその不定不整不明の中に隠れて見えず。

ここではまず、倒置によって殊更に際立たされた「見よ」という命令表現が読者の注意を惹く。このような呼びかけ表現は、地の文に現れた場合、明らかに聴き手とのコミュニケーションを志向する人格化された語り手の存在を示している。そして、そのような語り手としての「我」は、もはや物語世界における「体験する「我」」ではありえない。この時点で、「物語る「我」」は「体験する「我」」から判然と分離される。しかしながら、「見よ」に後続する風景描写は、「錯雑、動揺、参差、任放などの形容詞」という暗示引用[18]による語りを除けば、どちらかといえば映し手の優勢を感じさせるものとなっている。それは、風景描写を導入する「見よ」という表現の持つ二重の特性、すなわち、呼びかけという形式においては人格化された語り手の声に関連づけられる一方で、他ならぬ「見る」ことが命令されているというその内容においては映し手に関連づけられるという特性に基づいている。ところで、この箇所で、「見よ」と呼びかけられるのは疑いもなく聴き手だが、『日光』の語り手は物語世界外的であるから、この聴き手は読み手と一致し、さらに個々の読書行為においては現実の読者とも一致しうる。[19]とすれば、「見よ」というこの命令によって、読者は自身が疑似的な映し手となるよう語り手から要請されていると考えられるのである。

このように設定された映し手としての読者に対し、「物語る「我」」は変調によって「体験する「我」」を「体験する「彼」」（本文では「渠」）に変え、語られる風景の中に投入する。「俄かに地より湧出たるもの、やうに、蝙蝠傘を翳したる二人の若者の姿はあらはれ出ぬ」というその変調箇所によって、はじめ物語世界を「体験する「我」」とともに移動するかのように風景を語っていたはずの「物語る「我」」が、いわばいつの間にか道を先回りして「体験する「我」」を待ち伏せしていたことに読者は気づかされる。こうして、第一段落の末尾から第二段落にかけ、「体験する「彼」」は「姿」として、すなわち風景中の点景人物として、語り手によって描写されることとなる。いや、そればかりではない。最終的に、「二人の姿もいつかその不定不整不明の中に隠れて見えず」という表現によって、「体験する「彼」」の「姿」は語られる風景の中から退場する結果となっている。つまり、その箇所では、先程とは逆に「物語る「我」」が「体験する「彼」」の移動に対してその場に居残ることによって、両者の分離が改めて強調されているのである。

ジャン＝ミシェル・アダン[20]は、「描写する視線のテーマのまわりに編成される描写の行列（マトリックス）」を「（Ⅰ）支えとしての登場人物＋（Ⅱ）休止＋（Ⅲ）知覚動詞＋（Ⅳ）高い、もしくは透明な環境＋（Ⅴ）描写の対象」と整理したが、この定式の変形によって、引用箇所の変調の過程を次のように書き表すことが可能となる。（ただし、変化しない（Ⅲ）と（Ⅳ）の要素は省略する。）

第一段階：（Ⅰ）物語る「我」（＝体験する「我」）＋（Ⅱ）移動＋（Ⅴ）風景

←物語る「我」と体験する「我」の分離、物語る「我」の「先回り」

第二段階：（Ⅰ）物語る「我」＋（Ⅱ）休止＋（Ⅴ）風景（体験する「我」を含まない）

←体験する「我」が「彼」となる（三人称への変調）

第三段階：（Ⅰ）物語る「我」＋（Ⅱ）休止＋（Ⅴ）風景（体験する「彼」を含む）
←物語る「我」の「居残り」
第四段階：（Ⅰ）物語る「我」＋（Ⅱ）休止＋（Ⅴ）風景（体験する「彼」を含まない）

右のうち、第一段階は引用部の前までを、第二段階は第一段落の大部分を、第三段階は「二人の若者の姿」以降、第二段落の大部分を、そして第四段階は「二人の姿もいつかその不定不整不明の中に隠れて見えず」の箇所を定式化したものである。この定式化により、「まず初めに〈物語る私〉が〈体験する私〉から引き離され、然る後にいっそう明確に距離を置くため、〈体験する私〉への言及が三人称に変わる」（シュタンツェル）という漸次的な三人称への〈変調〉が、この部分では「物語る「我」」と「体験する「我」」／「彼」」との間にある「休止」と「移動」の関係の変化によって強化されていることが明らかとなる。いわばこの部分では空間の移動という紀行ジャンルにとって本質的な要素を活かしながら、というより逆手にとって、三人称への変調というジャンル規範からの逸脱がなされているのである。

なお、この他にも、『日光』には人称交替を縁取る様々な手法を指摘できる。「見よ」のヴァリエーションとして「想像せよ」が用いられる⑦の例、「発話状況とそれに付随する所作に関する簡潔で非人称的な指示を含む長い対話場面」（シュタンツェル）によって人称の交替が準備される②の例、「麦酒二壜、西洋林檎十箇、行厨一箱、茶道具一式、ハイネの詩集一巻、若者二人」（傍線原文、以下同）という数詞の列挙中に「若者二人」を紛れ込ませることで人称交替を目立たなくする④の例、「船は二人の若者の互にかく強き感に撲たれたるも知らぬ顔に」という擬人化された「船」の視点の反映による⑤の例、「かくてこの二人の若者が上野島の一端なる落葉松の蔭に、心地よき仮睡を貪るとする間に」から「われは};はつとして目を覚しつ」まで、「我」の睡眠と覚醒という二つの状態が人称の変調と復帰に対応する⑥の例――そして最後の三つの例は、同じ章の中にあって一人称と三人称の頻繁な変動を構成しているのである。

六　『日光』における人称の交替の動機づけとしての西洋文学の引用

ところで、これらの多様な人称の交替――特に技巧的と思われる語りの手法には、『日光』の本文においてどのような動機づけがなされているのか。この点に関して特に注意すべきは、人称の交替の前後で「我」の「詩人」としての性質が強調されるという現象である。たしかに、厳密にいえば、『日光』において人称の交替の前後でそうした属性の付与される対象は主に「体験する「我」」であり、「物語る「我」」が物語る現在においてそのような属性を有しているか否かはほとんど明らかにされていない。けれども、一人称を基調とする語りにおいては、通常「体験する「我」」と「物語る「我」」との間に一定の連続性が存在すると考えられる。よって、「体験する「我」」の「詩人」としての性質は、「物語る「我」」にも適用し得る。つまり、『日光』において技巧的な人称の交替を動機づけているのは、さしあたり「我」が「詩人」として語っているという事実だと推測されるのである。①における「宗教」や「恋」をめぐる議論や、②における「人生」や「天然」を主題とする長大な対話もそうした動機づけの機能を果たしているが、より端的に「我」が「詩人」であることを示すものは、西洋文学への言及ないしその引用である。たとえば、前にも指摘した③におけるトルストイの暗示引用、④と⑤におけるハイネへの言及およびその明示引用、⑦におけるワーズワース「ルース」への言及などがそれである。

もちろん、引用という手法自体は、当時の紀行文ジャンルにおいても特に目新しいものではない。花袋自身の『日光』以前の紀行文を見ても、「柳州が所謂舟行如窮忽又無際といふかこと(ママ)詩趣を備へたる」という「日光山の奥」（『太陽』一八九六・一・五〜二・五）の一節は、柳州すなわち柳宗元の「袁家渴記」（『唐宋八大家文読本』巻九）を風景の「詩趣」を保証するものとして引き、また、「路窮し山蹙するの処、忽地にして水声を聞く。琴瑟のごとく、鉦鼓のごとし。あゝ是柳州が所謂山行二三里、漸聞水声といへるものにあらずや」という「春の日光山」（『太陽』一八九七・六・二〇）の一節は、『南船北馬』（一八九九・九、博文館）収録時に「柳州が」の一句が削られたことからも分かるように、柳宗元ではなく欧陽脩の「酔翁亭記」（『古文真宝』後集）を引いたもの[21]である。とすれば、ただ引用というだけでは、人称の交替という新たな手法を動機づけるには十分でないことになる。重要なのは旧来の紀行における様な漢詩文の引用を避け、かわりに西洋文学を引用することなのである。なぜなら、そうした西洋文学の引用によって、従来の紀行作家とは明別された新しい「詩人」としての「我」の性質が、最も分かりやすいかたちで提示されることとなるからである[22]。

このような西洋文学引用への志向が『日光』においていかに強いものかを範例的に物語るのが、その志向が紀行文としての文脈やその地理的背景にそぐわない程度にまで昂じ、従来の紀行ジャンルの伝統からの断絶を示す結果となっている⑤の例である。そこでは、「友は船中に横臥しつゝ、頻りに「メキシコ」皮の小さく愛らしきハイネの詩集に読耽りたるが」という箇所につづき、ハイネ『新詩集』所収の「セラフィーヌ」第十五歌が、全二連八行のうち第一連第四行および第二連第二行から第三行前半までを省略して原文のまま引用されているが、その詩は尾上柴舟『ハイネノ詩』（一九〇一・一二、新声社）所収の「わだのみ中に」の訳文からも分かるように、烈しく波立つ荒涼とした海を背景としており、『日光』本文における穏やかな中禅寺湖の情景にはまったく相応しくないものなのである。これより前の箇所における「その湖畔に行きて、我はハイネの詩集を読まばや。深緑の繁りたる汀、一鳥飛ばず一魚躍らざる穏やかなる湖水に向ひて、その燃ゆるが如き烈しき詩を吟じたらんには……その情景はいかなるべきか」「詩中の景！」という二人の会話によっても、この引用が中禅寺湖の風景の叙述には直結せず、むしろ「我」とその友人の「詩人」としての資質を強調する目的でなされていることは明らかである。さらに、湖水に小舟を泛かべ、四辺の風景を眺めて興に乗っているうちに日が暮れてしまうというこの章全体の枠組が、「日光山の奥」以来の花袋の参照文献『日光山志』巻之四、中禅寺湖の項に引く空海「沙門勝道歴山水瑩玄珠碑並序」（『性霊集』）の記述――「四月上旬には一の小舟の長さ二丈、広さ三尺なるを造り得たり。即ち二三子と湖に棹さいて游覧す。遍く四壁を眺るに神麗夥く多し。東に看、西に看る、汎濫として自ら逸し。日暮れ興余つて強ひて南の洲に託く」[23]――と強い類縁性を有するにもかかわらず、その文が全く言及されていないことも、西洋文学志向の反面としての漢詩文忌避を裏付けるものといえる。このように、『日光』においては、人称の交替を動機づける補助手法として「我」の新しい「詩人」という性質が強調されているが、その強調がとりわけ明示的に行われる場合が漢文学にかかわる西洋文学の引用なのである。つまり、ここでは、西洋文学の引用は語りの構造に対して無関係な単なる装飾などではなく、「我」が「詩人」として語っていることを示す標識としての役割を果たし、人称の交替を動機づける重要な機能を有しているのだ。

　ここまで、映し手的人物の優勢と人称対立の無効化によって人称交替の下地となる語りのあり方を示した「叙事文」第三例や、和文脈の特質を活かしながら物語内容と連動する形で人称交替を実践した「笛の音」を例にとりつつ、写生文と美文における人称とジャンルをめぐる問題を確認してきたが、『日光』はそれらの同時代の文章との間に一定の様式傾向を共有しつつも、人称の交替が行われる頻度と規模、およびその手法の多様さによって、紀行文における語りの可能性を最大限に――いや、ジャンルの境界を侵犯する程度にまで発揮した作品となっていた。そのようなジャンルの越境と相関する語りの可能性の追求は、空間の移動という紀行文ジャンルにとって本質的な要素を当の紀行文のジャンル規範から逸脱する三人称への変調と結合させるという手法において、もっとも先鋭的に実現されることができた。また、西洋文学の引用という一見装飾的な価値しか持たない手法も、『日光』においては人称の交替の動機づけという重要な役割を担い、語りの構造に組み込まれて有効に機能していた。以上、本章では、『日光』を範例として明治三十年前後の紀行文ジャンルの周辺における人称の交替とその補助手法の豊かさを記述し、それらが小説ジャンルへの越境と密接に結びついている事実を確認したが、そのように語りの問題領域における一人称からの三人称の生成とジャンルの問題領域における紀行文からの小説の形成とを相関的に捉えることは、一八九〇年代の花袋における小説様式の成立とその後の展開という課題の解決にも、資するところがあると思われる。

注

（1）「現代の紀行文」が同時代の紀行文様式の確立に果たした役割については、佐々木基成「〈紀行文〉の作り方――日露戦争後の紀行文論争――」（『日本近代文学』二〇〇一・五）を参照。

（2）和田謹吾「事実への傾斜――「蒲団」前後――」（『描写の時代――ひとつの自然主義文学論――』一九七五・一一、北海道大学図書刊行会）に代表され、以降、持田叙子「〝紀行文の時代〟と近代小説の形成――習作期の田山花袋を中心に――」（『国学院雑誌』一九八六・七）や宮内俊介「初期田山花袋論――紀行文と小説との谷間――」（『田山花袋論攷』二〇〇三・一〇、双文社出版）に引き継がれた。

（3）永井聖剛『自然主義のレトリック』（二〇〇八・二、双文社出版）。特に「序章――自然主義のレトリック――」および「「無技巧」の修辞学的考察――田山花袋の文体練習と修辞学の動向をめぐって――」を参照。

（4）周知のように、ジュネットは『物語のディスクール』（花輪光・和泉涼一訳、一九八五・八、書肆風の薔薇）において従来の一人称／三人称の語りという用語法自体に疑問を呈し、それに代わる等質／異質物語世界的という新たな対立軸を導入した。一方、シュタンツェルは『物語の構造』（前田彰一訳、一九八九・一、岩波書店。以下シュタンツェルからの引用は全てこの本による）において、「人称」の判別基準は「一人称（私）と三人称（彼／彼女）のどちらが頻出するかという相対的な頻度数の問題」ではなく、「語り手と作中人物とが住まうそれぞれの存在領域が互いに一致するか一致しないかの問題」であるという言い方で同様の事柄を指摘しつつも、「人称」という用語法自体は保持している。本章では、これらの指摘を踏まえながら、「人称」という用語法についてはシュタンツェルに従う。なぜなら、シュタンツェルが同書の他の箇所で注意を促しているように、テクストの「表層レベル」での語りの記述的研究も「深層レベル」での構造分析と同程度に重要であり、その際には分析的に鋭いジュネットの用語より一見常識的に見えるシュタンツェルの用語の方が有効と考えられるからである。具体的には、この用語の採用によって、語りの問題を人称代名詞の変動や省略といった文体レベルでの現象と結びつけて検討することが容易となる。

（5）「解題」（『明治文学全集94　明治紀行文学集』一九七四・一、筑摩書房）

（6）『田山花袋研究――博文館入社へ――』一九七六・一一、桜楓社

（7）近世紀行文学において芭蕉が中世的価値を探求した例外的存在であることについては、板垣耀子『江戸の紀行文』（二〇一一・一、中央公論新社）を参照。

（8）この書物の持つ文化史的意義については、五井信「海外としての日本――英語版の旅行ガイドブック――」（『日本近代文学』二〇一一・五）を参照。

（9）「明治三十五年・ツーリズムの想像力」（小森陽一・紅野謙介・高橋修編『メディア・表象・イデオロギー――明治三十年代の文化研究』一九九七・五、小沢書店）

（10）ジュネット『パランプセスト』（和泉涼一訳、一九九五・八、水声社）は、パラテクストが「作品の語用論的（プラグマティック）次元、言い換えれば読み手に対する作品の作用の特権的な場の一つ」であり、特に「ジャンルの契約 contrat（もしくは約定 pacte）」の場になると述べている。

(11)「解題」(『定本国木田独歩全集』第七巻、一九六五・六、学習研究社)
(12)ただし、『日光』に対するこの評価が正当でないことは、本章の以下の論述において示されるだろう。
(13)高須芳次郎の同名の論文(『早稲田文学』一九二六・四)
(14)『子規全集』第十九巻、一九七八・一、講談社
(15)猪野謙二「子規における散文文学革新の仕事」(『子規全集』第十二巻、一九七五・一〇、講談社)
(16)シュタンツェルの用語。この場合、ジュネットの用語では外的焦点化ではなく焦点化ゼロの語りに相当する。
(17)シュタンツェルによれば、前者は「独立した人格として読者の前に姿を現わす語り手」、後者は「語られる事柄の背後に身を潜め、読者には事実上その姿が見えない語り手」である。
(18)これは、引用部末尾の「不定不整不明」とともに、トルストイ作・森鷗外訳「瑞西館に歌を聞く」(『読売新聞』一九八九・一一・六〜二九。後に「瑞西館」として『水沫集』(一八九二・七、春陽堂)に所収)中の「湖上にも、山下にも、天半にも、一純色なく、一静点なし。随所にあるは動揺、参差、任放、錯雑、線画と陰翳との絶えず交流することにして、万物皆静穏、脆軟、調和と美の約束を備へたり。/然るにこの不定、不整、不羈の美観の中央にて〔……〕」という箇所に依拠している。
(19)ジュネット『物語の詩学』(和泉涼一・青柳悦子訳、一九八五・一二、書肆風の薔薇)は「読み手は程度の差こそあれテクストの内部に含まれていて、語りが物語世界外である場合は聴き手と一致する」とし、現実の作者(帰納された作者)→語り手→物語言説→聴き手→(潜在的読み手)現実の読み手、という図式を掲げている。
(20)『物語論』末松壽・佐藤正年訳、二〇〇四・四、白水社
(21)ただし、欧陽脩の原文では「六七里」となっている。
(22)この他に、ドーデー「アルプスのタルタラン」やトルストイ「ルツェルン」からの引用が、原作における観光客の

スノビスムへの諷刺を完全に捨象しつつ、日光を西洋の観光地に見立てることにのみ利用されているのも注目に値する。

(23) 書き下しは『日本古典文学大系71　三教指帰　性霊集』(一九六五・一一、岩波書店)による。

第二章　一九〇〇年前後の花袋における「自然」の変容
――太田玉茗宛書簡に見られる海外文学の受容を中心に――

一　一八九九年における花袋の転換

一八九九年（明治三二）は、花袋にとって重要な転換点となった一年とされる。この年一月、友人太田玉茗の妹里さと結婚した花袋は、八月十九日に母てつを腸癌で失い、翌九月には博文館に入社する。また、創作においても、「初期花袋のすべてをあつめた観[1]」があるといわれ、習作期以来の「漢詩文的抒情の世界、題詠的手法」の「総決算的意味を持っている[2]」とも評される最初の書き下ろし小説『ふる郷』（新声社）を九月に刊行する一方、十二月にはゾラ「ルーゴン家の誕生」の翻案であり[3]「ゾライズムに対して明瞭な傾斜を示した、恐らく最も早いもの[4]」とされる「うき秋」（『文芸倶楽部』）を発表している。つまり、この年は、「［明治］二十八年頃から三十一二年までの間は、例の少女小説、憧憬小説を好く書いた」（『小説作法』一九〇九・六、博文館）という従前の「センチメンタリズム」の時代から、公私にわたる実生活上の大きな変化をとおして「初めて人生に出た時、総ての事実、総ての現象を非常にフレッシに感じ」、「神経が烈しく擺動した」ことがきっかけとなって、「センチメンタリズムの破壊」の時代へと移って行った、と花袋自身が回想するような、ちょうど過渡期にあたっているのである[5]。本章は、生活史と作品史におけるこうした背景を踏まえつつ、一八九九年六月二十九日付の太田玉茗宛書簡から、海外文学の受容を中心として、この時期の花袋の読書と創作の実態を検討するものである。

二　一九〇〇年前後の諸作品における「ハンモック」のモチーフ

考察の出発点となる玉茗宛花袋書簡は、一八九二年（明治二五）十二月二十九日付書簡（封筒共）、一八九七年（明治三〇）五月二十六日消印封筒とともに、現在、「田山花袋書簡：太田玉茗宛」（巻子装一巻）として、早稲田大学図書館本間久雄文庫に所蔵されている。[6] これらの書簡は、本間久雄『明治大正文学資料真蹟図録』（一九七七・九、講談社）に、その影印と翻刻が解説を付して収められているが、[7] 同書では、当書簡について「花袋研究には不可欠の重要資料の一つ」とされ、右のようなセンチメンタリズムから自然主義への花袋の転換も、書簡中に種々の言及が見られる「欧洲近代作家耽読の結果」と推測されている。これらの作家・作品の受容の詳細については次節で改めて検討するが、まずここで注目したいのは、本書簡の冒頭近くに、花袋が書物を読み（「書を読むこと」）、作品を構想した（「想を構ふること」）環境が、具体的に記されていることである。

いよ〳〵厳暑近く相成今日などは八十五六度にものほり申候程の暑さにて書窓うたゝ仮睡を催ほすはかりに候近頃母の病気いよ〳〵すぐれすそれが為め今年は籠居と相定め今よりいろ〳〵と銷夏の策を講し居候ふが一昨日市よりハンモック（釣床）一張もとめ来りそれを裏山の松原に吊しそれに横臥いたし候ふていろ〳〵と空想やら実相やら詩の結構やらいろ〳〵と考居〔申〕候まことに心地よく世間をはなれたるやうに候林中には名は知らず候へども白き小さき幹のゐそ蘭のこときさましたる花敷くかごとくにみたれ開□きて萱、千萱なとの緑のあつきは影にかをり合ひたるまことに詩境と限りなくうれしく候すなわち、花袋は「ハンモック（釣床）」を「裏山」の「林中」に吊るし、そこに「横臥」して本を読んだり、自作の構想を練ったりしている、というのである。書簡の後半に「想を構ふることに於てはふる郷（これは〔九月頃〕一冊になるもの）釣床日録、その他二三の新作に候「日光」は今校正中ゆゑ来月中旬頃には出版の運と相成へくかと存候この夏より秋にかけて為すへき事多く考ふへき事多く行ふへき事多く候」とあるように、作品の構想・執筆や校正に追われつつ、時には「病気いよ〳〵すぐれ」ぬ母親の介抱にもあたる多忙な日々の合間を縫って、「世間をはなれたる」裏の林に「詩想」を養いつつあった花袋の日常が彷彿とする一節である。なお、「釣床日録」なる作品は、現在、花袋の著作年表中に見出すことが出来ないが、二年ほど後に発表された「ハンモック」（『太平洋』一九〇二・五・一九、二六）には、この時期の花袋の読書のあり方の反映が見て取られる。(8)

金縁のハイネの詩集、小豆皮の細長い手帳、新刊の小説二三冊、外に空気枕と染分け綱の大きいハンモックとを携へて、加藤雅郎は、いつもの空想に耽るべく、裏山の松林の中へ、がさ〳〵と笹を分けて入つて行つた。かれの家の裏山の松林の中！　実にこれ程静かなこれ程穏かな、これ程気の澄む、これ程空想に適する処は、恐らく何処を探してもマア有るまいと思はれるので、かれはこの裏山の松林の中を殆ど自分の領分の様にも、自分の隠れ場所の様にも、自分の精神の様にも、自分の生命の様にも思ふのである。

このように書き出される短篇「ハンモック」は、主人公の新体詩人がハンモックの上で自身の縁談の成否を気に懸けているところへ、その話がまとまったことを知らせる友人からの書簡が届く、という「特別に何という所もない作品」(9)だが、作中における主人公の「ハンモック」との関わり方には、この時期までの花袋の小説の発想法が凝縮されているかのような観がある。(10)

天下到る処悲憤慷慨の種ならざる不遇極まるかれの身にも、猶慰藉する術があるので、その松原奥深く入つて、その静かな松の響、その清い自然の大気に触れると、始めて自由に呼吸する事が出来るやうな気がして、ゆつたりと心も落付けば、胸も開いて、暴風のやうに常に狂ひ暴れるその脳も、五月晴の美しい青空を天の一方に望むごとく無限の透明を覚ゆるのであつた。

たとえば、右の箇所から観取される図式は、「不遇」な詩人が人世から離れた「自然」に触れることで「慰藉」を得、鬱屈した心を解き放って「天」の「無限」へと憧れわたるというものだが、それは、その中で「松原」という場が果たす役割も含めて、書簡中に言及されている初期の代表作『ふる郷』の構図と一致するものなのである。[11]『ふる郷』において、文学者と推測される主人公「われ」[12]は「業就らず名挙がらざる身を以て、孤影蕭条として」東京から十二年ぶりに帰郷、そこに一夜を彷徨して過ごし、故郷の風物に「我はいかなる時に於ても、汝の胸と汝のなつかしき懐とを忘るゝ能はざりし身」であったのだ、と呼び掛けるが、その中でも特に「松原」が前景化されて「あゝこの松原の中こそは、わが青年の夢を繰返したる処にて、その松原こそは、都会の塵埃の中に埋れ果てゝも、猶夜毎に夢に往来する処なりしなれ。恋も、空想も、涙も、詩も、皆この一帯の青き風情ある松原の中に籠れるなり」とまで言われているのである。さらに、末尾、主人公が故郷を去る場面は、次のように結ばれている。

今は——今はわかれ行かん。かく言ひしわが胸には、悲しけれど、昨夜のみだれたる如きさまは無くて、新しき一種の勇気と、沈みたる一種の感興とはみちわたりぬ。われは再びわが前に横れる故郷と、沼と、松原と、松原の中の一軒家とを見やりしが、さらば……故郷よ。わが悲しき故郷よ。いつまでもわが母君と恋しき人の墓とを守れ。われは再び烈しき紅塵の中にまみれ、恐ろしき争闘の中に身を投じて、斃るゝ迄は、わが天職を守りて、潔よくこの人世と戦はゞや。かくて我は黎明の光と共に、一夜さまよひたるなつかしき沼、古城趾、松原などに遅々としてわかれ行きぬ。

ここから読み取られるのは、世に認められない文学者が、「都会の塵埃」を離れた境界にその身を置くことで「勇気」と「感興」を得て再び自己の「天職」への邁進を心に誓う、という構図である。なお、『ふる郷』においては、主人公の東京での生活の種々相が「紅塵深く頭上に蔽ひかゝれる時」、「失望落胆恰も羽翼を失ひたる鳥の如く烈しく地上に墜ちたる時」、「稍天上の光明を認めて一意それを望みたる時」など、天と地に対する自己の位置をあらわす比喩によって表現されていることから、文学という「天職」の「天」に、都会での実生活を象徴する「地」が対置されていることが分かるが、これも、主人公がハンモックを「成べく高く、地上の汚濁を厭ふといはぬばかりに高く釣る」と述べられている「ハンモック」における「天」対「地」の図式と一致するものといえる。以上のように比較すると、「都会」「人世」に「故郷」「自然」を対置し、そこに「地」と「天」の対立を重ね合わせることで、後者に「詩」の領域を見出そうとする花袋の概念構成のあり方が浮かび上がってくるだろう。

ところで、ここで特に注意すべきは、この時期の花袋およびそのいくつかの作品において、家の裏山の松原に吊るしたハンモックでの読書が、「都会」から離れた「自然」や「故郷」の代償として機能していたのではないかと推測される点である。[13] たとえば、玉茗宛書簡と同年に発表された詩「おのが秋」(『活文壇』一八九九・一二)には、冒頭、「わがやどの／うらの林に月てれば／さゝやく小笹まつのかげ／そゞろに心さそはれて／海辺さまよふ心地する／／わがやどの／うらの林に風たてば／ちり行く木の葉松の声／都に遠きみやま辺に／ひとり住へる心地する」とあって、「うらの林」が「海辺」や「都に遠きみやま辺」へと空想を馳せる場としての役割を果たしていることが窺われるし、その終連では、「裏山なくばいかでわれ／此処には住まんうら山の／奥こそおのがたゞ一人／世をばのがる丶処なれ」と、「世」を遁れるための場所としての「裏山」が歌われているのである。さらに、銷夏法についての諸家の短文を集めた「名家涼感」（『少年世界』定期増刊「探涼軍」一九〇一・七・一〇）は、江の島稚児が浦の崖上に架け渡したハンモックで詩を吟じる空想を叙した遅塚麗水の文なども含み、興味深い特集となっているが、その中で花袋は、自身の銷夏法として松原に吊ったハンモックでの読書を紹介しているので、左にその全文を掲げたい。

小生の住居の裏に小松原あり。さる人の廃邸にて、雑草弥が上に生ひ茂り、中に、露草、蛍草なども咲雑り、都会の塵埃も至らず、まことに別天地の思ひあり。生は二三年前よりハンモック一張を買ひ来り、これを松原の最も深き処、其処には春は美しく咲乱る丶古桜樹四五株あるを、その距離の最もハンモックを釣るに適したるものに釣り、その上に仰臥して、松原の静けき調をき丶つ丶、かの国の諸大家の小説を読む、これわが自由に旅行するを得ざる身となりたる後の年々の銷夏法なり。

ここでも、「都会の塵埃も至らず、まことに別天地の思ひあり」と、「都会」からの心理的な距離が強調されているが、それよりも注目されるのは、ハンモックでの読書が「わが自由に旅行するを得ざる身となりたる後の」銷夏法であると述べられていることである。それは、この箇所によって、「自然」や「故郷」の代償としてのハンモックでの読書の役割が、より明白になるからである。実際、年譜によれば、一八九三年（明治二六）以来毎年行っていた夏の旅に、玉茗宛書簡の出された一八九九年とその翌年、花袋は出かけていない[14]。一八九九年の夏は母親の重病と作品の執筆および校正のために、翌年はおそらく十月に控えた妻の出産のために、花袋はその二年間、それまでほとんど習慣になっていた夏の旅行を断念しているわけである。それに、一八九九年九月の博文館入社も、花袋の生活に一定の束縛を加えたであろうことは想像に難くない。こうした就職や結婚といった自身の境遇の変化に伴う多忙の中にあって、その文学的発想の源泉となる「自然」に触れるために、これまでの「旅」の代償として花袋が採り上げたのが、手近な裏山の松原に吊るしたハンモックでの、海外文学の読書だったと推測できるのである。

三　玉茗宛書簡から窺われる海外文学の受容

それでは、こうした「旅」の代償としての読書の内実は、はたしてどのようなものだったのだろうか。以下では、玉茗宛書簡に記された海外の文学作品について、同時代作家における受容との比較も視野に入れながら、順を追って考察を加えたい。

まず、書簡の中ほどにある「ハウエル、ハイゼが作（新学士、うき世のさがの作者）三つほどあつめたる小冊子」とは、田山花袋記念文学館所蔵[15]の花袋旧蔵書 Heyse, Paul. *Die Reise nach dem Glück*. Chicago: Laird & Lee, 1895. のことと思われる。なお、書簡中、「この人は不倫の恋といふものにいたく同情を表したる人に候ふが、いよいよ之の三作をよみてよりその同情の十九世紀的に自然なるには感服いたし候」とあるのに関し、花袋は後年、「インキ壺」（『文章世界』新緑号、一九〇九・五・一）においても「この人は非常に沢山な短篇を書いた。しかし短篇としては比較的長いものが多かつた。何でも数が百五六十篇ある。"L'ARRABIATA"（マ）（マ）といふのが、かれの出世作として殊に名高い。此の人は女性に崇拝者が多かつた。と言ふのは、婦人に於ける不倫の恋といふものに同情して書いた作が多いからである」と記している。花袋にはこの作品の翻案「海上二里」（『新古文林』一九〇五・七）があるが[16]、「インキ壺」では右の箇所に続いて、ハイゼは「本能の完全といふものの上に、一種理想と言つたやうなものを持つて居る」とされ、「新しく起つた自然主義の作者の群から旧いと言はれるのもその為めである」と評価が下がっていることに注意する必要がある。そのような評価の変化については、すでに「海上二里」以前、「露骨なる描写」（『太陽』一九〇四・二）において「独逸などでもウヰルデンブルッフやパウル、ハイゼなどの老成なる鍍文学と相対して、ハウプトマン、ズーダーマン、ハルベ、ホルツなどの諸作家が新旗幟をかゝげて居るさまは、実に目覚しき光景である」と、排斥すべき「鍍文学」の代表としてハイゼが名指されているのが特徴的だが、その間の事情は『小説作法』によってさらに詳しく知ることが出来る。そこで花袋は、本書簡の翌年の心境を「三十三年の一年は暗かつた」と端的に振り返った上で、「パウル、ハイゼの不倫の恋などを優ぐれた作品だと思つてゐた。けれど段々その鍍が剥げて来た。ハイゼやシユピンの作にはまだ恋をいくらか美しいものにしてゐる。不倫の恋も美なるが故に許されるといふやうな処があつた。私はこの鍍を一度破つて考へてみた。美なるが故に許されるのではなくて、自然なるが故に許されるのではないかと一歩を進めて考へた」と述べている。はじめ、世間から白眼視される「不倫の恋」を「同情」をもって描き出したところが「十九世紀的に自然」だと感心させられていたハイゼの作品も、徐々にその「同情」の根拠が「自然」ではなく「美」にあることが分かり出すと、その限界や旧さが目に付くようになった、というのである。なお、書簡中に挙げられた「新学士」「うき世のさが」とは、いずれも『かげ草』（一八九七・五、春陽堂）所収の小金井喜美子訳「浮世のさが」および喜美子・誉田緑堂訳「新学士」を指すものである。

次に、「アンテルセンがザイン、ヲーデル、ニヒトザイン」は、アンデルセンの小説「生きるべきか死ぬべきか」の独訳で、おそらく東京大学図書館鷗外文庫にも入っているH. Denhardt訳のレクラム版 *Sein oder Nichtsein : Roman in drei Teilen* ではないかと推測される。この頃、すでに花袋はアンデルセン「絵のない絵本」第二夜を翻案した「雛つ児」（『少年世界』一八九七・六）を発表しているが、後の『美文作法』（一九〇六・一一、博文館）には、「アンデルセンの価値はお伽話作者としてのみではない。理想派の小説家としても随分好い地位を占めて居る。

Der Improvisator は鷗外漁史の謹厳にして幽麗なる筆に訳せられ、『即興詩人』の名はわが文壇に知らぬものはない」とあり、童話ばかりでなくその小説も高く評価していたことが窺われる。

ところで、ここまでに触れたパウル・ハイゼとアンデルセンが、いずれも鷗外およびその周辺の人々の訳をとおして紹介された作家であることは、この時期の花袋が鷗外からいかに大きな影響を受けていたかを証明するひとつの資料となろう。[17]この書簡でもその執筆予定が告げられている『ふる郷』は、渡邉前掲論文の調査によれば、田山花袋記念文学館所蔵の自筆原稿に「七月十五日起稿」「二十四日脱稿」とあり、本書簡から一ヶ月以内に書き上げられた作品だと分かるが、その筋立てや表現に、「即興詩人」(『しがらみ草紙』一八九二・一一〜一八九四・八、『めさまし草』一八九七・二〜一九〇一・二)および「舞姫」(『国民之友』一八九〇・一・三)の影響が感じられるという小林前掲書や岸規子[18]の指摘も、本書簡の存在によって一層補強されるのではないか。さらに、小林も言及しているこの年八月十六日付の独歩の花袋宛書簡には「松岡は如何に候やかれは一種のベルナルドに御座候又アントニオに候[19]」と、松岡国男を「即興詩人」の作中人物に比した一節があり、本書簡と併せて見ると花袋、独歩、国男、玉茗らが、当時、広く鷗外訳によってアンデルセンを受容していたことが分かるのである。

さて、第三に、「ゴーコリの空想集」の「ゴーコリ」はいうまでもなくゴーゴリで、「空想集」という表題からすると、これはレクラム文庫の四巻本 Gogol, Nikolaus. *Phantasien und Geschichten 1-4*. Leipzig: P. Reclam, 1883-1884. ではないかと思われるが、[20]花袋がこの四巻全部を読んだのか、あるいはその一部のみを読んだのかは明らかでない。だが、このシリーズには、「外套」「鼻」「狂人日記」のようなゴーゴリの代表作の他に、「降誕祭の前夜」や「五月の夜」といった、様々な妖精や悪魔が活躍する『ディカーニカ近郷夜話』所収の幻想的な初期作品も採られており、花袋が原題 Phantasien und Geschichten のうちの Phantasien から訳したと思われる「空想集」という呼称に相応しい収録内容となっている。さらに、この「空想」という語については、アンデルセンとの関連で、国男の一八九六年（明治二九）十一月二十九日付花袋宛書簡に「フエアリーテールスを以て世に出むと企つる新文人大峰古日なる人の作を聊見せまつる君より他の人にハしばらく語り給ふな想はアンデルセンに似たるべけれども決して翻訳にハあらず皆此人の空想より出たるもの也御評を乞ひたく候[21]」とあることにも眼を向けておきたい。実はこの「大峰古日」とは国男自身のことであり、ここで花袋に批評を依頼している作品は後に同一の筆名で発表された「夢がたり」（『文学界』一八九七・二）と推測されるのだが[22]、書簡中、アンデルセンとの「想」の類似に触れつつ、「空想」を作品の独自性を保証する要素として積極的に主張している点が注目に値する。国男はまた、避暑先の銚子犬吠崎暁鶏館から送った同年七月十八日付書簡においても、「此二三日の独居に色々のうれしきフヮンタジーを経申候太田我に対して坐し逐一之に耳を聳て候は、たのしき事に候へし」と述べ、創作活動の源泉としての「フヮンタジー」に触れていた。その書簡中には、「生ハ二十四五日頃は此地に留るべし二十二日に稿を終り給はゞ直に来給ハすや〔……〕君のしごとの邪魔もすまじけれは筆と紙とを持してしばらく来たまふまじや太田なども誘ふわけには行かぬにや」ともあり、そこからは旅を通じて深められた松浦辰男門下紅葉会グループの交友の実態と、その「空想」「フヮンタジー」を基盤とした作品発想の方法の一端を窺うことが出来る。すくなくともこの点に関していえば、後の民俗学者柳田と自然主義作家花袋の文学への構えの相違は、未だ分明には見られないといってよいだろう。

第四に、「ツルケニーフの春潮」とあるのは、ツルゲーネフの今日普通には「春の水」と訳される作品と思われるが、この時期までに非常に多くの英訳、独訳が出ているので、どの版を指すか詳らかにしない。花袋が夙に二葉亭訳「あひびき」（『国民之友』明治一九八八・七・六、八・二）から深い感銘を受けていたことは、「新しい文学の急先鋒」（『東京の三十年』一九一七・六、博文館）の「粗大な経書や漢文や国文に養はれた私の頭脳や私の修養は、この細かい不思議な叙述の仕方をした文章に由つて一方ならず動かされた。これが文章かとも思つて惑つた。しかしさういふ細かい叙述法は、外国の文章の特長で、日本の文章は、これからは是非さうなつて行かなければならないと思つた私は、それから注意して、雑誌や新聞を見るやうになつた」という一節によって有名だが、この書簡の頃までに花袋自身すでに「文豪ツルゲネーフ」（『太陽』一八九六・一〇、一一）を書き、その中でドストエフスキーやトルストイなど「深酷なる思想」を抱懐した作者の多いロシアにおいて「めづらしきほど美しき暖き思想を有」した詩人小説家としてツルゲーネフを紹介していたのであった。そこには「春潮」の名は見られないけれども、後の「ツルゲネーフ」（『中学世界』定期増刊「世界三十六文豪」一九〇五・九・二〇）ではその著作を列挙した中に「春潮」も含まれており、さらに下って『長編小説の研究』（一九二五・一一、新詩壇社）においては「ツルゲネフは今ではクラシックの方へ入れられて、余りそれを読んでゐるものもないやうに思はれるが、あの中にもすぐれたものは沢山にある。『もう沢山だ』などといふ短篇や、『不幸な娘』や、『かた恋』や『春の潮』や『処女地』などは今でも読まなければならない」と、時代が移っても価値を失わない必読の作品の一つとして「春の潮」すなわち「春潮」が挙げられているのである。

最後に、「ゾラのヒュマン、フルーツ」とあるのは、「フ」に濁点がないため分かりにくいが、田山花袋記念文学館所蔵の *Zola, Emile. La Bête Humaine (Human Brutes),* trans. by Count Edger de V. Vermont. Chicago: Laird and Lee. 1890. を指すものであろう。今日では一般に「獣人」と訳される作品である。前にも述べたとおり、この年、花袋にはゾラ「ルーゴン家の誕生」の翻案「うき秋」があるが、そうした翻案にさえ至る強いゾラへの関心の一端がこの「獣人」の読書にも窺われるわけである。花袋は一八八七年（明治二〇）頃から出入りした野島金八郎の書斎でゾラの名を初めて知ることとなるが、「それから数年経つて、私は神保町の通りの古本屋で、ふと、"Conquest of Plassans"を発見した。その時は、無理を言つて、金を母から貰つて、辛うじて買ふには買つたが、その時分にはゾラの小説はまだよくわからなかつた。何うしてこれが面白いんだらうと思つた」（「ゾラの小説」

『東京の三十年』）とあるように、当初はその面白さが十分に理解できなかった。しかし、一八九一年（明治二四）五月に尾崎紅葉を初めて訪問した際には、紅葉が *Abbe Mouret's Transgression*（『ムーレ神父の過ち』）を書架から取り出して「心理が実に細かく書いてある」と評したのに対し、「私もまけぬ気になつて"Conquest of Plassans"の話をした」（「紅葉山人を訪ふ」『東京の三十年』）とあるように、その作品について文壇の大家を前にしても臆せず語るほどであり、さらに一八九六年七月にはゾラの短篇 L'Inondation からの翻案「大洪水」を、翌年四月には「ルーゴン家の誕生」の一節を脚色した「離れ小島」[23]を、それぞれ『文学界』に発表するまでになっていたのである。なお、花袋がゾラの作品を読んだ順序については、『長編小説の研究』に「ゾラは私は『コンケスト・オフ・プラッサン』から始めた。そしてその次ぎに『フオチュン・オフ・ルウゴン』を読み、『テレセ・ラカン』を読み、『アベ・ムウレの罪』を読み、『ナ、』を読んだ」とあるのによって分かる。ただし、その箇所では、他に「ラッスモイア」（『居酒屋』）、「人生の喜び」、「かれの傑作？」（『制作』）、「ドクトル・パスカル」などが網羅的に言及されているにもかかわらず、何故か「獣人」についての記述はなく、花袋の「獣人」評価を知ることは出来ない。

しかしながら、ここで興味深いのは、「獣人」がほぼ同時期の永井荷風によって受容され、その創作に強い影響を与えていたこととの関係である。荷風は「ゾラ氏の作 La Bête Humaine」（『饒舌』一九〇二・七）のなかで「獣人」に触れながら小説創作における人間の「生理学的研究」の必要を主張し、「徒に心理の高妙を説き文字の美を以て唯一とする旧来の作者に至つては、かの殺人姦淫自殺等の出来事を以て、只だ便利なる一篇の波瀾となせども、凡そ人が斯る場合に遭遇する其の精神上の異変は何処まで生理上の考究を要し何処まで心理上の説明を待つべきものなるか。此は頗る厳重なる思考を要するものならずや」と言っており、その翌年十一月には「獣人」の翻案『恋と刃』（新声社）を刊行している。また、林信蔵[24]によれば、「『獣人』の重要なテーマである人間の動物的本能は「遺伝」と密接な関連性がある」が、それは『地獄の花』（一九〇二・七、金港堂）において「男女関係のドラマに生物学的リアリズムが用いられている」点や、その跋文に「人類の一面は確かに動物的たるをまぬがれざるなり。此れ其の組織せらるる肉体の生理的誘惑によるとなさんか。将た動物より進化し来れる祖先の遺伝となさんか」とある点とも共通するものであり、両者の影響関係が推測されるという。氏はつづけて、花袋の『重右衛門の最後』（一九〇二・五、新声社）には人間と動物を類比する表現はあっても、それが遺伝や進化の問題と結びつけられていないとして、「おそらくゾラの作品の中で特別『獣人』に感銘を受けたわけではない花袋は、荷風が『獣人』から摂取したやうな進化論的な遺伝観を持っていなかったと考えられる」と言っている。このうち、「特別『獣人』に感銘を受けたわけではない」との推定は、『長編小説の研究』にこの作品への言及がなかったこととも符合するし、加えて、氏によれば荷風の読んだ英訳本が「（内容・文体の両面において）当時としてはかなり原文に忠実」といわれるヴィゼッテリ訳 *The Monomaniac*, trans. by Edward Vizetelly. Hutchinton & Co., 1901. であることも、前述のようにヴァーモント訳を読んだと思われる花袋との、受容のあり方の違いの一因ではなかったかと考えられる。しかし、その一方で、遺伝と動物的本能とが密接に結び付けられた「獣人」の読書の予定が書簡で告げられてからほぼ半年後に、花袋の作中最もゾライズムの色が濃いとされ、その中でいささかくどく、説明的なまでに「遺伝」が強調される「うき秋」が発表されていることは、やはり注目に値することといわなければならない。「うき秋」は直接には「ルーゴン家の誕生」の翻案であったとしても、その遺伝を強調するモチーフには、創作に前後して読んだはずである「獣人」の影響も、少なからず推測されるのである。

四　「自然」の変容

ここまで確認して来たように、花袋はこの書簡で多くの海外の文学作品に言及しているが、「不倫の恋」を描いたところにその新しさを有しながら自然主義とは相容れないパウル・ハイゼの短篇集に始まり、「空想」に富んだ「理想派の小説家」アンデルセンの長篇やゴーゴリのファンタジー、そして「美しき暖き思想」をもつツルゲーネフの中篇などが列挙された末に、自然主義者ゾラの「獣人」に終わるその選択は、まさにこの時期のセンチメンタリズムからゾライズム、ナチュラリズムへの花袋の転換を象徴するものといえるのではないか。

　さらに書簡末尾、花袋は「小生はまことに少年（ユース）と全く相別れ申候悲しく候」と記しているが、わざわざ「ユース」と振仮名を付されたこの「少年」という語から想起されるのは、かつて島崎藤村が「硯友社」（『文学界』一八九三・一二）において「老人」文学として硯友社を否定し、「当時の世は自らYouthの世なりといへり。当時の詩人なるものはこのYouthをもて自家薬籠中の仙丹となさゞるべからず」と述べて自己の立場を「真のYouth」として宣言していた事実である。藤村をはじめとする『文学界』同人と花袋ら紅葉会グループとは、一八九六年以来、相互の関係を徐々に深めていたが、その『文学界』が花袋書簡の前年、一八九七年（明治三〇）一月に廃刊したこともまた、「小生はまことに少年（ユース）と全く相別れ申候」という花袋の感慨に与って力あったであろう。

　花袋においてハンモックでの海外文学の読書は、こうした経過のなかで、「自然」の代償として選択されたわけだが、それは皮肉にも「自然」自体の意味内容を、「天」と対立する「地」のものとしてイメージされる人間の本能的側面の強調へと、徐々に変容させてゆくこととなったのである。そして、それは最終的に、「天は再び自分の友となるやうな事はあるまい。けれど、嗟いたとて、仕方がない。これが人生だ。これが人間だ。否これが寧ろ人間としての本色だ。神の真似を為る時代はもう過ぎ去つて了つた。地上の子、自分は甘じて地上の子と為る！」という「天と地と」（『太平洋』一九〇二・三・三一）における絶叫へと、連なってゆくこととなるのである。

注

（1）吉田精一『自然主義の研究』上巻、一九五五・一一、東京堂

（2）小林一郎『田山花袋研究――博文館入社へ――』一九七六・一一、桜楓社

（3）宮内俊介「花袋論の微調整――「離れ小島」「うき秋」と『ルゴン家の人々』」（『田山花袋論攷』二〇〇三・一〇、双文社出版）の指摘による。

（4）笹淵友一「田山花袋と自然主義」（『明治大正文学の分析』一九七〇・一一、明治書院）

（5）永井聖剛「明治三十年代の田山花袋――『ふる郷』から『蒲団』へ――」（『国文学研究』一八九八・一〇）には、「「センチメンタリズムの破壊」の意志は花袋の明治三十年代に貫通するテーマであった」との指摘がある。

（6）早稲田大学図書館古典籍総合データベースにおいても全文の画像が公開されている。

（7）本間による翻刻では句読点が適宜補われているが、本論文中の引用は、書簡の文面のままとした。また、新たに抹消箇所を傍線により、加筆箇所を亀甲括弧により表示し、判読不能文字は□で示した。

（8）ここに描かれたハンモック上でハイネを読むというモチーフは、『ハイネノ詩』（一九〇一・一一、新声社）の訳者尾上柴舟の短歌にも見られる。「釣床やハイネに結ぶよき夢を小さき葉守の神よのぞくな」（『銀鈴』一九〇四・一一、新潮社）。なお、この作は、初出（『国文学』一九〇四・一〇）では「小さき」が「ちさき」と仮名書きとなっているほか、「ハイネ」が「源氏」となっていたという重要な異同がある。この時期の柴舟の短歌の初出の状態については、藤田福夫編『尾上柴舟明治期短歌集』（一九八四・一、水甕名古屋支社）を参照。

（9）宮内俊介「田山花袋・「生」覚書」（前掲書）

（10）同時期の玉茗についても、懐西子「新体詩家太田玉茗氏」（『仏教文芸十二傑』一九〇三・九）に、「停車場から、本道を廻ること二丁にして門あり、敷石に沿うて往けば小さい本堂と、大きい庫裡とがある、太田玉茗氏の書斎は此の

本堂で、其本堂にはソハー（籐の安楽椅子）があり、時にはハンモックも釣られるさうで、あの韵の高い、清やかな新体詩は、此の本堂から歌ひ出されるのである」とあり、新体詩の創作の場としてハンモックが取り上げられている。なお、かつて花袋らとともに『抒情詩』（一八九七・四、民友社）を編んだ玉茗は、花袋書簡中に、「浮世をしばしとほさかりたまひたる此頃の御有様」、「ひろき山寺にほつねんと一人詩を思ひたまはゞ」等とあるように、この年、一身田の高田専修学校の教師を辞し、五月には羽生建福寺に二十四世住職として赴任していた。

（11）前章で指摘したとおり、同時期の『日光』（一八九九・七、春陽堂）にも、「自然」の風景を前にハイネの詩をドイツ語原文で吟唱する場面が見出される。

（12）渡邉正彦「田山花袋『ふる郷』論」（『群馬県立女子大学国文学研究』二〇〇五・三）に、「「われ」は、性格的負性であるはずのこの「弱き心」をむしろ積極的に生かすべく奮闘しているらしいように読める。おそらく詩人（文学者）への道を歩んでいると推定できる」とある。

（13）なお、花袋「ハンモック」より一年ほど前、同じく『太平洋』（一九〇一・七・二二、二九、八・一九）に松丘隠者の署名で発表された柳田国男「すゞみ台」にも、海外文学の読書によって、実際には現地に足を運んで目にすることの出来ない「自然」へと思いを馳せるという体験が記されている。その中で柳田は「「ツルゲニエフ」を読む、「遊猟者の手記」を終りたる後、尤感じたる事二あり」として、「露国南方の平原所謂「ステツプ」の朝の風夕の雲、此人の筆によりて、名残なく画き出されたる事」と「彼国に於ける夏期猟の趣味」を挙げている。この文の冒頭に「太平洋記者足下、忙人は忙なるが為に夏を苦しみ、閑人は閑なるにより夏を苦しむ、今閑人と忙人と相対して夏を語らば如何、又如何、閑人閑処に在りて屢〻書を忙処に送り、忙人をして更に忙ならしめば如何、我夏は則ち漫なり、君に書を送る」とあるうち、「太平洋記者」とは花袋を指すものであろう。花袋は一九〇〇年（明治三三）秋から、週刊となった『太平洋』の編集を桐生悠々と担当しており、さらに、「すゞみ台」の本文中、伊良湖、志摩、神島などの地名に言及しながら「伊勢の海辺に遊びし時君も聞きぬ」としているのは、一八九八年（明治三一）八月下旬から九月初旬にかけての花袋との旅を指すものと推測できるからである。

（14）宇田川昭子・丸山幸子・宮内俊介編「年譜」（『定本花袋全集』別巻、一九九五・九、臨川書店）

（15）田山花袋記念館編『田山花袋記念館収蔵資料目録1』（一九八九・三、館林市教育委員会）の記載による。以下同じ。

（16）なお、花袋の翻案以前に、みね、なつき訳「L'Arrabbiata（アラビアタ）」が、国木田独歩も関係した雑誌『青年文学』に、一八九二年六月から九月にわたって掲載されている。（ちなみにタイトルの綴りはこちらが正しい。）この翻訳については、稲垣達郎「解説」（『解説「青年文学」複刻版別冊』一九七五・二、日本近代文学館）を参照。

（17）理論面における鷗外の影響については、序章で既に論じた。

（18）「幻の『ふる郷』」（『田山花袋作品研究』二〇〇三・一〇、双文社出版）

（19）館林市教育委員会文化振興課編『花袋周辺作家の書簡集一』（一九九四・三、館林市）に収録。

（20）このシリーズは現在、四巻揃で鷗外文庫に所蔵されており、鷗外も購入していたことが分かる。

（21）館林市教育委員会文化振興課編『田山花袋宛柳田国男書簡集』（一九九一・一二、館林市）より引用。以下の国男の書簡引用は全てこれによる。

（22）「夢がたり」は、『柳田国男全集』第二十三巻（二〇〇六・五、筑摩書房）に収録。「菫摘みし里の子」「籠の鶯」「あはれなる浪」「影」「小さき星」「比翼の鳥」という六つの空想的な小話から成っており、内容の面でも書簡の記述と一致する。

（23）宮内前掲論文「花袋論の微調整」の指摘による。ただし、絶海の孤島という舞台設定や主人公の青年が水死する結末などには、ベルナルダン・ド・サン・ピエール「ポールとヴィルジニー」の影響が感じられる。花袋旧蔵書には、Bernardin de Saint-Pierre. *Paul and Virginia*, trans. by Clara Bell. New York: The F. M. Lupton Publishing

Company, 1877. があり、『美文作法』にも「サン・ピエルの『ポールとバルジニア』といふ有名な書がある。作者は仏蘭西の詩人、其他にも随分著書はあつたが、ことに此書が有名で、殆ど洛陽の紙価を高くしたといふ。ポールといふ青年とバルジニアといふ少女とが、絶海の孤島で楽しい恋の生活をするといふ話で、飽まで理想的のものであるが、美文を心懸くる人は、一読せんければならん」と言及されている。

(24) 『永井荷風　ゾライズムの射程——初期作品をめぐって』二〇一〇・四、春風社

第二部　主題とモチーフの形成

第三章　紀行文草稿「笠のかけ」から『重右衛門の最後』へ――二つの共同体――

一　『重右衛門の最後』と草稿「笠のかけ」

本章では、『重右衛門の最後』（一九〇二・五、新声社）論の実証的前提の一つを提示することを目的として、この小説の素材となった一八九三年（明治二六）八月から九月にかけての信州旅行のことを記した紀行文「笠のかけ」花袋自筆草稿[1]（早稲田大学図書館蔵）の翻刻と検討を行う。なお、「笠のかけ」は、同年十一月二十五日と十二月二日発行の『頴才新誌』に分載されたが[2]、それはおおよそ草稿の前半部分にあたり、後述するように草稿との間には和歌の削除等の異同が存在する。

この草稿の内表紙には、右下に「東京／花袋　田山敏明」、左上に「笠のかけ」と記されている（表紙は白紙）。本文はすべて墨書で、修正の少なさや字格の正しさなどから、清書にきわめて近い段階の草稿と思われる。一方で、本草稿には校正記号などの書き込みが一切見られないため、『頴才新誌』への投書原稿は別に存在したのではないかと思われる。

本文の翻刻にあたっては、草稿における削除箇所を傍線により、追加変更箇所を亀甲括弧内に示す。また、『頴才新誌』発表部分については、その初出時に草稿から削除された箇所を波線によって、追加変更された箇所を隅付括弧内に示すこととする。なお、振仮名はすべて草稿のままとした。『頴才新誌』初出はルビなし、句読に関しては読点のみで句点を使用せず、また、濁点も使用されていない。その一方で、圏点はすべて初出時に付されたものであるが、これらの点についての草稿との異同は、煩雑を避けて一々示さなかった。翻刻者による注記はアスタリスクの後に示した。

二　草稿「笠のかけ」の翻刻

東京【長野県】　田山花袋

【●】笠のかけ

（上）野尻湖

【野尻湖＝】あはれことしは【〔】わか身にとりて、いかばかりよき年なりけむ。塵高く挙り、あつさやくかことき都の中に【〔】さまよふ苦をのかれて、一笠の影【〔】とほく山水明媚の間に飛び、足跡ほと〳〵武蔵、甲斐【裴】、駿河、伊豆、相模、上野、信濃【〔】の七国にまたがり、到る処吟興盛に起り、詩嚢いよ〳〵重く、亦浮世の何物たるをおぼえさるに到【至】りき。此間山水極めて多く、好風光の地もまた少なきにあらざれと、就中【〔】わか心をひきしもの五あり。一を富士川の激湍となし、一を箱根山の幽遠となし、一を妙義山の峻嶮となし、一を碓氷峠【時】の大隧道となす、されと我【予】は【〔】野尻湖、戸隠山【〔】二日の遊を、今年第一の快事となさむ【ん】とおもへり。

旅は好伴侶を得たる旅よりたのしきはなく、山は秋風のたちたる山よりよきはなし。野尻の湖いかに幽なりとも、戸隠の山いかに険なりとも、豈七国随一の好風光地といふことを得へき。然るに【〔】われ【予】は殊更【に】この二日の遊を挙げて、旅行中尤もたの【楽】しき遊なりといふ。これ何故ぞ、あゝ我は好伴侶を得て、乱荻疎々たる野尻湖のほとりにやとり、秋風のたちたるとき【時】を以て、雲影奇怪なる戸隠山に登る【事】を得たりき【たれはなり】、【＊初出改行ナシ】

八月廿九日【〻】われ【予】は上毛の遊を終りて、北信三水村根津栄輔氏の宅にあり。村万山の中にありて、晴嵐は夕雨に和し、蟬声は虫声にまじはり、秋艸【草】満野、みなわか吟懐を動かすものにあらざるはなし。ましてや【〻】氏及ひ同村武井米蔵氏は、共にわか同学の友、七【六】歳〔年〕の別離、一旦相逢ふの喜ひあるに於てをや。詩話文談、酒酣にして耳熱し、夜深う【ふ】して吟声動き、甚たわか旅窓のつれ〳〵をなぐさむるに堪えたり。

【（未完）】

【●笠のかけ（第二回）　長野県　田山花倉】

聞く戸隠山これより近く、野尻湖また遠からずと、われは遊意の勃々たるに堪えす、遂に二氏を誘ふて、この山にのほりこの湖に遊はむことを約しき、

越えて九月二日、天気いとよし、雲は全く晴れて【〻】余影纔かに高社山の上にかゝれるのみ。午后【後】二時、旅装全くとゝの【調】ひ、武井氏又来る、遂に家を出づ。一阪【坂】を昇り【〻】一阪を降り、今田原といふところに到る。黒姫、飯縄の二山屹然として高く雲霄に聳え、清容われを迎ふるに髣髴（さもに）たり。

諸共に君と行たにうれしきを空さへけふははれわたるかな

一里芋川をすぐ【とす】。これより山路やゝけはしく、足もや、爪先あがりになりたり。松高く茂りて、よしありげなる社も過き、馬頭観世音の石表立てるあたりに到れは、坂いよ〳〵高し。気息先喘々、汗【〻】珠〔玉〕のごとく【如し】、歩行甚たなやむ。十五町許巓に達す。こゝには松二三株ありて、さながらわれ等【ら】の為めに涼しき蔭を作るもの、ごとし。則【乃】ち杖をたて、憩ふ、一望すれば【〻】蕎麦の花白きこと雪のごとし。

そはの花ましろに咲てあき風のかよふもはやきみやまへのさと

二重塚は【〻】猶少し登りたるところにあり。二氏いふ、こは上杉謙信の越後より出るとき、先【つ】旌旗をこゝにたてゝ、敵軍と相応じたる古蹟にして、古塚の数二十あり、これ名の起る所以なり、今猶発掘すれは、古刀槍を

発見すること少なからすと。嗚呼武田上杉二氏の争や、正々堂々、地は四郡に亘り、兵は五万を竭し、七年の間【、】戦端結びて解けず、空しく二英雄をして漁夫の利を失はしむるに至る。惜むべし。【＊初出改行なし】薬師嶽を仰ぎつゝ、蟬声涼しき雑木山を下れば、一村あり。古間村といふ、二君互に黒姫山の裾を指さしあひて、明日はかしこを越ゆるなりなどかたる。根津氏、

かのみゆる山ふところのこみちこそあすはこゆへき処なりけれ【＊初出改行なし】

諏訪の原といふ処を過く、一古池あり。これ昔の野尻湖の跡なりといひ伝ふよしなれど【も】、信すべからず。只野尻湖の近くなりしことのこれによりて思知らるゝのみ。尾花【、】女郎花などの風になびく高原を、登るともなく登りはつれば、これよりはすこし下り阪なり。瘤の如き山にそふて猶下れば。快絶！野尻湖の水は眼下にあり。【＊初出改行なし】

しのしりの池のほとりにいてしよりおもはすあしはすゝみけるかも

湖光一碧、倒に班尾山の清容を写し、漣波鏘々、静に岸頭の乱荻をうごかす【し】。野尻の駅は向岸にありて、数軒の茅屋【、】夕陽を帯び、琵琶が小島【嶋】は池の一隅にありて、杉【樹】影天心を刺す。水は清くして掬ふに堪え、一鳥飛ばすして境ます〳〵【益ゝ】幽なり、あはれ【、】景色よきところ【処】なるかな。あはれかゝる山中にかくまてうつくしきところ【処】ありとはおもひかけざりき。わが心のたのしさはいよ〳〵まさりぬ。わか吟興はます〳〵動きぬ。されど【、】この景色をはいかにたゝへむ。この景色をはいかにうたはむ。我【予】か〔は〕〔只〕わか筆のつたなきを嘆ずるのみ。【（完）】

【＊ここまで『穎才新誌』に掲載】

湖に傍ふて行く、やがて野尻の駅につきて、常盤屋といふ旅店にやとる。日は未だ高けれど、今日はこゝにやどりて、この湖の月を見むと始めより思定めたりけれはなり。

名物氷蕎麦を喫す。妙味津々、殆んと箸を措きがたきばかりなり。健啖数椀、互にその多きに誇る。武井氏
池近くやとをしめたる夕くれは旅のつかれもわすれはてけり
晩、班尾山の風吹やみて、湖面瀞麗、さながら平布を舗きたるごとし。倒にうつれる山影、歴々として指点すべし。
おもしろき雲の姿をそのまゝにうつせる水のしつかなるかな
武井氏
班尾のみねの夕風やみぬらんふもとの池の波そしつまる
おなじく根津氏
琵琶島の松ふく風のおとたへて波しつかなるしのしりの池
鏡の如き湖面を、一艘の草かりふねは欸乃うたひつゝこきゆく、水の上に赤き雲うつりて、最早夕ぐれもほどちかし。
つねになき夕なきなりとおもふらしうたうたひつゝかへりくる舟
波のおともきこえす成しこの池の夕さひしくおもほゆるかな
武井氏
さひしさは何にたとへんしのしりの池のみきはのあしの夕風
今宵は旧暦の七月二十日なれば、月は十時過ならではと旅亭の主人はいへり。十時頃までまたれぬことやあるべきと、我は二氏と共に歌などよみかはしつゝまつ。武井氏
しのしりの池のさゝ波さよふけて水にもあきの風立ぬめり
根津氏、
すみ染のくらき夜すから女郎花人なきのへにたれをまつらん

をりしもあれ、戸外滴々の声あり。こは夕立の雨なりき。今までは雲もかゝらさりしものをと、よく〳〵見れば、黒き雲名残なく大空にみち〳〵たり。あやにくなる事かな。今宵こそ月を見むとおもひしものをと、いふ〳〵も興つきてそのまゝに眠りぬ。

夜や幾時の頃なりけむ不図夢さめて枕を挙れば、雨戸も閉めざる前窓の白きは暁にや。否月のほれるにはあらずやと思ひつくまゝ、急ぎ窓を推せば、一団の明月高く班尾山の上にかゝりて、宵の雲のかけだになし。二氏を呼起してこの景はいかにといへば、二人も共に手を拍ちて、快哉を呼ふの声四壁を動がす。


まち〳〵ていつしかいねしうたゝねのさむれは高き山の端の月

（下）戸隠山

三日、黎明、前なる欄干に凭りて、湖水を見わたせば、砥の如き水の面に暁の雲うすくおりゐて、鴉の三つ四つ二つばかりこゝちよげに鳴わたるも心地おもしろき限りなり。根津氏、

しつかなる池〔水〕のおもてにかけうきて鴉とふ也しのしりの池

旅亭の主人いふ、これより戸隠山にのほる五里の間は、路はまよひやすく、憩ふべき村もなし。初めて登らむ人は、案内者を雇はではおぼつかなきことなれど、近頃は登山者の為め、樹に白紙を結び付けたるよしなれば、それにつきて行き玉〔へ〕と、懇ろに教へられて、野尻湖の景色に別るゝもおしけれど、今日は戸隠より長野へ一呼吸（ひといき）に下らむ覚悟なれば、そこ〳〵に用意をとゝのへて、旅亭を立つ。今日も天気いとよし。越後に妙高山朝日を帯びて高く眼前に聳ゆ。

名も知らぬ一村を過きしより、まことに旅亭の主人の言の如し。山路やうやく高く。林、叢、渓流などいよ〳〵多くなりぬ。朝風は涼しくわが客衣を襲ふて、山路をのぼるにも汗をだに催さゝるは、気候のいたく異れる故ならん。

こえかたき峠なれともあさ風にむかひて行はすゝしかりけり
秋草いたる処に多し。尾花は已に穂の乱れたるもあり。虫声蟬声路の左右につゞきて、そのこゝちよさまことに言はむかたなし。根津氏

秋草をみつゝ行くまにこえにけりこゆるにかたき山路なれとも

路の二筋に分れたるところ多くあり。されど大方樹梢に白紙を結びて、戸隠山にのほるへきしるしとなす。それをたよりにあへき〳〵のほり行くほどに、黒姫山のふもとにいてぬ。

わかこしを山もうれしとおもふらん雲は大方かくれはてにき

芝艸、小松なとの叢生したる高原を猶行く、顧れは過き来りし村々皆脚下にあり。野尻の湖も最早ほどなく見ゆべしなどかたりあふ。

湖もやかて見ゆらんくろひめの山のふもとにみちはかゝりぬ

十町ほど登れば、昨夜やとりし湖水明かに見ゆ。深淵青潭、山中の一奇観なり。根津氏

しのしりの池のけしきのみえしより見かへりかちに成にけるかな

ゆく〳〵湖水をふりかへりつゝのほる、

この山をのほるまに〳〵しのしりの池はます〳〵みえわたる也

根津氏

今一度〳〵とかへりみてあかぬなかめやしのしりのいけ

秋草乱れさく間を、一筋ちよろ〳〵となかれゆくは、名も無き谷川の一支流なり。武井氏

おりたちてむすひて行むあき草の花の中行谷川の水

猶二十町ものほりしところにて、柏原よりの路と合す。これよりは昨年根津氏の過きたる路なれは、迷ふこともな

しといふ。左を流るゝ川を鳥居川となす。昨年は路にまよひてかの川はぬれてわたりしものをなどゝ根津氏かたる。
根津氏
　去年のとしぬれてわたりしとりゐ川今日はふもとにみつゝ行かな
この川は戸かくし山より流れ出でたるなりときくも、何となくなつかしき心地せらる。山いよ〳〵深くなりて、風いよ〳〵冷かに、道ます〳〵せまりて、歩むことます〳〵くるし。松かけに湧出る清水は、まことに越行く人の命なりけり。根津氏、
　むすひあけてわか身すゝしく成にけり松のかけ行谷川の水
帯の如く、蛇の如く曲り〳〵れる路をゆき〳〵て、黒姫の山を一廻りする頃には、をりよしや戸かくし山も名残なくはれわたりて、おもしろき山の姿、屹としてわが前に聳えたり、
　つねの日もしくれかちなる戸かくしの山さへけふは晴わたる也
鳥居川にかけたる橋を渡りて、一里半ほど行けば、戸隠の奥社に登るへき大道あり。百年以上を経たる古杉欝蒼として路の両側を挟み、何となく神威尊きやうなるこゝちせられぬ。
　おのつからうつふかれけりとかくしのかみの御前のかう〳〵しきに
根津氏
　日のかけもみえぬはかりにしけりけりとかくし山の木々の村立
巌路蕭条たる間をのほる事十四五町、奥社は山の半腹にあり。山気爽絶、久しくとゝまるべからず。根津氏
　大君の御代やすかれといのるかなとかくし山の神の御前に
神の御前の清水をむすふ。おなしく
　むすひあけてきよきこゝろに成にけり神の御前のみたらしの水

中社、宝光院皆深山蕭条たるの間にあり。戸隠の奇こゝにいたりて尽く、午飯を喫して山を下る。足先疲れ、気次きて瘦る。二氏も亦一首の歌を詠せず。一路長野に下れば、夕陽山にあり。夜清水屋に宿す、

※ ※ ※ ※ ※ ※ ※

翌四日午后、われは帰りて今田原にあり。一望すれば黒姫飯縄の諸山依然として雲霄にあり、〔聳ゆ、〕戸隠山はふかき雲の中にかくれて見えす。

かの山のふもとをめくり〳〵つ、こえしとおもへはなつかしきかな

（をはり）

三　いくつかの問題点

この草稿でまず問題となるのは、内表紙に記された「花袋　田山敏明」という署名であろう。敏明という名の使用例は、他には丸山幸子[3]の翻刻にかかる、同じ信州旅行の際の祢津家所蔵花袋自筆長歌及び十番歌合に見えるのみだからである（花袋の戸籍上の本名は録弥）。どのような経緯でこの名が用いられたかは判然としないが、小林一郎[4]によれば、花袋の父鍋十郎が藤原道明とも称したというから、敏明は道明から一字を継いだ名と推測される。

さて、草稿における修正は数も少なく、表現上の微調整に止まるが、草稿と初出の間に見られる異同については、いくつかの検討すべき箇所が存在する。なお、はじめに、明らかな誤植について示しておけば、いずれも冒頭近くの「甲斐【裴】」と「碓氷峠【峙】」の二ヶ所、それに第二回の署名「田山花倉」も、渡邉正彦[5]の指摘のとおり誤植と思われる。この号の使用は他には認められず、しかも第一回の署名は花袋となっているからである。

署名と関連して、草稿では「東京」とある肩書が、初出では二回とも「長野県」となっていることも注意される。これは、本文が長野県の紀行であるところから、その内容を読者に分かりやすくするために改変されたものであろうか。読者への配慮という意味では、初出で読点が二十か所にわたって追加されていることも、文学青年の投書雑誌としての読みやすさを高めるための措置と考えられ、「快絶！」という感嘆符を用いた西洋風の表現の削除なども、和漢の文章教育という雑誌の目的に沿ったものである。第一回掲載分の二段落目終わり、「得たりき」を「得たれはなり」と直したのも、上の「何故ぞ」に呼応させたもので、変格の表現を嫌う文章教育上の配慮が窺われる。

だが、初出を草稿と比較して何よりも目に付くのは、掲載部分の草稿に含まれる四首の和歌がすべて削除されていることである。（三首目「かのみゆる」については、和歌を削除しても文章のつながりが損なわれないように、その前の本文の一部も削除され、改行が詰められるといった改変がなされている。）これは、和歌については別に投稿欄が存在するため、投稿者に対する公平を期して、文章中に和歌を含めることを認めない編集上の措置に沿ったものと思われる。草稿の後半部分が掲載されていないのも、その部分が前半に比して数多くの和歌を含むためであろう。

ところで、この点をめぐって、花袋が本草稿の和歌および後半部分を削除した『頴才新誌』初出形に近い原稿を作って投書したものか、あるいは本草稿とほぼ同様の原稿を投稿したものの編集者の判断によって後半が没書とされ前半も現行の初出形に改められたものか、という問題が生じる。この点のいかんによって、前に触れた住地表記の変更や表現上の修正についても、花袋によるものか編集者によるものかの判断が異なってくる（もし前者とすれば、花袋が雑誌の性質を考慮して種々の点で草稿からの改変を行った可能性が高まる）ため、これはさらなる検討を要する重要な問題であるが、現在知り得る資料の範囲内では、そのいずれとも断定することはできない。ただ、これ以前にも頻繁に『頴才新誌』への投書を行ってきた花袋が、投稿文中に和歌を含めることの可否といった同誌の編集上の基本的慣例を知らなかったとは考えにくいため、前者の可能性の方が高いとはいうことができよう。

なお、花袋はこの信州旅行の後、祢津栄輔（草稿中では「根津栄輔」）宛九月二十四日付書簡中に「記（ママ）行全起（ママ）稿中よく出来たらばしがらみ草紙に出さむと存じおり（ママ）候なれどこれもよく出来るや否おほつかなきことに候あてにして待ち玉ふ可からず(6)」と書いているが、ここで言及されている紀行とは、「笠のかけ」を指すものと思われる(7)。花袋は『しがらみ草紙』に同年一月から九月まで、二月をのぞき毎月欠かさずに和歌を掲載しており、この時点で新たに紀行文の掲載を目論んだとしても不自然ではない。しかも、和漢混淆体を基調としつつ和歌を多く織り込んだ草稿の様式(8)は、どちらかといえば、漢文訓読体の文章の多い当時の『頴才新誌』投稿文の類よりも、落合直文や佐佐木信綱といった国文学者と関わりの深い『しがらみ草紙』の随筆や紀行文とのあいだに親和性を有している。そうした点から、本草稿は当初『しがらみ草紙』への掲載を意図して書かれたものであり、何らかの事情で掲載を断念した後に、現在では散逸した『頴才新誌』投稿用の別稿が用意されたとも推測されるのである。

以上、「笠のかけ」の異同をめぐって、いくつかの問題点を確認した。次節以降では、自筆草稿の記述によって花袋の信州旅行の行程に関する先行研究を補足し、さらに草稿の記述が『重右衛門の最後』解釈上の前提としてどのような意味を有するかを検討したい。

四　旅程とその空白

従来、この信州旅行の行程については、それが『重右衛門の最後』の素材となったことから、数次にわたって検討がなされている(9)。その際、主に参考とされたのは「北信の遊跡」と「笠のかけ」初出であったが、それらの先行研究に新たに「笠のかけ」草稿の記述を加味すれば、次のように旅程を再現することが可能である。なお、今回、草稿の参照によって初めて明らかとなる箇所には傍点を付した。

八月二十九日　長野県上水内郡三水村の祢津栄輔宅に宿泊。

九月二日　午後二時、祢津栄輔、武井米蔵と共に祢津家発。今田原、芋川、二十塚、古間村、諏訪の原を経て野尻湖畔の常盤屋に泊。

九月三日　早朝、野尻発。鳥居川沿いに黒姫山を廻り、戸隠神社奥社に至る。昼食後、長野に下山、清水屋に泊。

九月四日　午後、今田原に帰る。

ところで、この旅程を見てすぐに気付かされるのは、八月二十九日と九月二日の間にある空白である。「笠のかけ」の記述は、二十九日夜の祢津家での酒宴から、九月二日の野尻湖行までの三日間を、「越えて」の一言で片づけてしまっている。その記述は、まるでこの三日間が記すに値する何事もなく、平穏に過ぎ去ったかのような印象を与える。

だが、実はこの間にこそ、花袋の関心を強く惹きつける出来事が生じていたのである。後に小説『重右衛門の最後』の素材となる、藤田重右衛門（小説中でもこの本名がそのまま用いられている）が三水村民のリンチによって死亡した事件である。この事件については、岩永胖[10]の調査によって、八月三十日に起きたことが確認されている。[11]にもかかわらず、「笠のかけ」には「陰惨な事件」の「片鱗すら伺えない」（渡邊前掲論文）のである。その事件は、友人との「詩話文談」の雰囲気の中での「吟興」をもとにした紀行である「笠のかけ」の雰囲気にそぐわないとして、記述から排除されたものと考えられるのだ。なお、当時、この事件自体に花袋が無関心だったわけでないことは、前引の祢津宛書簡中に、「其後村中出火等の騒擾は無之候やかの一談は只今想を練り居り候間いつか筆に上るをり可有之候「田舎の悪人」といふことを主眼として暴飲より生せし自暴自棄放火少女いづれも好材料たるべく候」（圏点原文）とあるのによって知られる。このことからも、この空白は、花袋の無関心によってではなく、紀行文の雰囲気の統一という要請によって生じたものだということができる。

五　『重右衛門の最後』論のために

それにしても、本草稿で特徴的なのは、旅行の途次に、あるいは旅行後にその行程を回顧しながら作られた多くの和歌が含まれていることである。その数は、花袋十四首、祢津十二首、武井五首の、合わせて三十一首に上る。[12]もちろん、花袋が重右衛門のリンチ事件後に、それとはかかわりない多くの和歌を作ったということは、事件を記述から排除したことと同様、当時の紀行文に求められた様式上の要請の一環として説明できる。一八九三年八月から九月にかけての旅中の体験は、紀行文と小説という二方向に、それぞれ別々に作品化されたのである。[13]

ここで、重右衛門の事件について見聞しながら、花袋がその直後に事件の性質とは相容れない様式によって「笠のかけ」を書くことができたという事実、そしてその中に「吟興」の発露による多くの和歌を織り込むことができたという事実は、『重右衛門の最後』論の前提として、無視できない重要性を有している。小説『重右衛門の最後』には、重右衛門の事件に接することで語り手の「自然」観が「〈風景としての自然〉」から「〈人為の総称としての〈文化〉に対峙する根源的な意味での〈自然〉〉」[14]へと変容する、というモチーフが大きな役割を演じているが、その変化は「作者花袋の明治二六年から三五年までの自然観、風景観、描写法の変化」を「語り手富山の二泊三日間の経験」に「圧縮」（渡邊前掲論文）したものであること、したがって花袋自身の自然観が重右衛門の事件に接した時点で直ちに変化したわけでないことは、ある意味で当然のことといえよう。だが、それにしても、「笠のかけ」草稿に織り込まれた多くの和歌は、静穏な「風景」としての自然観が、重右衛門の事件後にも根強く花袋の中に存続していたことを、とりわけ雄弁に物語っているように思われるのである。

しかも、注目すべきことに、「笠のかけ」草稿において、その自然観は「旅」の「好伴侶」たる二人の友人との間に和歌の遣り取りをとおして共有されることで、一層強化される結果となっている。たとえば、野尻湖畔の旅宿において、花袋が「おもしろき雲の姿をそのまゝにうつせる水のしつかなるかな」と眼前の湖面の景色を詠めば、武井が「班尾のみねの夕風やみぬらんふもとの池の波そしつまる」と新たに湖近くの班尾山に言及し、さらに祢津が「琵琶島の松ふく風のおとたへて波しつかなるしのしりの池」と湖中の琵琶島に触れることで、夕凪の野尻湖の風景が徐々に全体として立ち現れてくるのである。このような遣り取りは、以降、戸隠山への途上や戸隠奥社への参拝においても繰り返され、そのたびに彼等に共有される自然観を強化することとなる。

一方、『重右衛門の最後』においては、和歌の遣り取りをとおしてのこのような自然観の共有と強化の場面は描かれることなく、友人たちとの間に形づくられた自然観の共同体も、あくまで物語の過程において徐々に破壊されるものとして位置づけられている。

学生時代の友人たちの故郷の村を訪ねるにあたって、はじめ「自分」の胸裏には次のような考えが浮かんでいた。

あゝこの静かな村！この村に向つて、自分の空想勝なる胸は何んなに烈しく波打つたであらうか。六年間、思ひに思つて、さて今のこの一瞥！

殊に、自分は世の塵の深きに泥(まみ)れ、久しく自然の美しさに焦れた身、それが今思ふさまその自然の美を占める事が出来る身となつたではないか。この静かな村には世に疲れた自分をやさしく慰めて呉れる友二人まである

ではないか。(四)

語り手「自分」を慰めるものとして「自然」と「友」が明示されたこの箇所は、この時点での「自分」の想念が、完全に友人たちとの自然観の共同体の圏内にあることを窺わせる。その自然観は六年前の学生時代、友人たちが描いて見せた故郷の村の「写生図」(二)や「君でも行つたなら、何んなに立派な詩が出来るか知れぬ」(同)という話によって、「自分」の中に形づくられたものであった。「自分も何んなにその静かな山中の村を想像したであらうか」(三)という回想が、そのことを端的に証しているといえよう。

だが、実際に再会すると、かつての友人の田舎臭さによって、「自分」は自身と友人の間に越えがたい距離を感ぜずにはいられない。旧友根本の家を訪ねた時、「其友の家――村一番の大尽の家もこんな低い小さいものとは?」(五、以下同)という感想をまっさきに懐いた「自分」は、さらに招じ入れられた「奥の一室」で「何んな素人が見ても贋と解り切つた文晁の山水」を眼にし、「馬小屋の蠅(はい)」の闖入に悩まされる。友の妻は「色の黒い、感覚の乏しい、黒々と鉄漿(おはぐろ)を附けた、割合に老けた顔」の持ち主で、父親は「これは〱東京の先生――好う、まア、この山中(やまんなか)に」といった調子で挨拶する。久闊を叙する酒宴の席でふるまわれるのは「地酒の不味(まづい)の」(六、以下同)であり、「名物の蕎麦が、椀に山盛に盛られてある」という「田舎流儀の馳走振」が「自分」を辟易させる。こうして、滞在の初日から、「自分」はその「東京の先生」としての視線によって、かつての友人たちとの自然観の共同体を徐々に自身の中で破壊していたということができる。

この破壊の危機は一時、もう一人の友人山県の登場によって回避されるかに見えた。「山県が来たので、一座の話に花が咲いて、東京の話、学校の話、英語の話、詩の話、文学の話、それからそれへと更にその興は尽きやうともせぬ。」

しかし、その座の「興に堪へかね」た「自分」が「長恨歌を極めて声低く吟じ始め」、山県が「この良夜を如何んですナア」と応じた瞬間——まさに「自分」と友人たちとの自然観の共同体が再び立ち上がろうとしたその瞬間に、「鎮守の森の陰あたりから、夜を戒める柝木（へうしぎ）の音がかち〳〵と聞え」出す。そして、重右衛門と「娘つ子」による放火を警戒するその「柝木の音」を相図とするかのように、以降、物語は「自分」と友人たちの交遊というモチーフを離れて、重右衛門と村の対立抗争へと急展開してゆくのである。

山県の家への放火（七）、根本の下の家への再度の放火（九）、そして村人による重右衛門のリンチ（十）——その中でもとりわけ、根本によって語られた「重右衛門の罪悪史」（八）の物語は、「自分」が一連の事件に対する解釈を引き出す際に大きな役割を果たし、ついには「自分」をして次のように言わしめるに至る。

> 自分が東京に居て、山中の村の平和を思ひ、山中の境の自然を慕つたその愚かさが分明（はつきり）自分の脳に顕はれて来て、山は依然として太古、水は依然として不朽、それに対して、人間は僅か六千年の短き間にいかにその自然の面影を失ひつゝあるかをつく〴〵嘆せずには居られなかつた。（十一）

こうして、はじめに「自分」の視線によって破壊のきっかけを与えられた「自分」と友人たちとの自然観の共同体は、友人根本の話をとおして、すくなくとも「自分」の側では完全に崩壊することとなった。「自然」はもはや「自分」にとってかつて東京にいた頃に友人たちと共有したような相貌を持ち得ず、「友」もまた「自分」がその新たな自然観を共有するにはあまりにも田舎じみてしまったように見える。というのも、たしかに「自分」がその新しい自然観を得るための重要な素材を提供したのは友人の根本だったが、その素材の解釈は「先天的性質」（七）と「境遇」（同）とによって全てを説明しようとする明らかにゾライズムの知識に依拠した「自分」の見方に沿って行われたものであり、そのような新しい知識は友人たちには到底期待すべくもないからである。だからこそ「自分」は、その新しい自然観を友人たちには一切語らず、長大な「独語」（十一）として語るのであり、実質的には第一章で示された文学サークルという新たな聞き手の共同体に対して語るのである。

「笠のかけ」草稿を参照すれば、三水村訪問の時点では、花袋と友人たちとの自然観の共同体はいまだ強固なものとして存在したことが窺われる。しかし、『重右衛門の最後』において、自然観の短期間における劇的な変容を語るために、そのような友人たちとの自然観の共同体は破壊されなければならなかった。なぜなら、そのような共同体は必然的に、所属者の自然観を安定化し、さらには固定化する働きを有していたからである。このように、「笠のかけ」草稿との比較によって、『重右衛門の最後』執筆において、祢津や武井との自然観の共同体は、語り手「自分」の成長、ひいてはそのモデルと目される作者自身の成長を劇的に語るために、花袋によって排除されたと推定できる。そして、その共同体を犠牲として語り手が手に入れたものこそ、冒頭場面に示された海外文学について語り合う文学サークルという新たな共同体であり、作者花袋にとっては、そのサークルの構成員と同様の教養を持つはずの『重右衛門の最後』の想定読者の共同体であったのである。

注

（1）本資料の画像データは早稲田大学図書館古典籍総合データベースより閲覧可能。
（2）『頴才新誌』掲載本文については、宮内俊介による翻刻（『文学研究パンフレット　花袋とその周辺』一九八六・六）がある。
（3）「花袋と短歌――明治二十六年夏、信州三水村赤塩にて――」（『田山花袋記念館研究紀要』二〇〇一・三）
（4）『田山花袋研究――館林時代――』一九七六・二、桜楓社

(5)「田山花袋「重右衛門の最後」論――火と水の闘争――」(『群馬県立女子大学国文学研究』一九九五・三)

(6) 引用は小林一郎『田山花袋研究――博文館入社へ――』(一九七六・一一、桜楓社)の翻刻による。なお「ママ」は小林により、「(ママ)」は私に付したものである。

(7) この書簡の翻刻時には『頴才新誌』掲載分も含めて「笠のかけ」の存在がまったく知られていなかったため、小林はこの紀行を「北信の遊跡」(『文芸倶楽部』一八九九・七)としているが、それでは執筆から発表まで間が空き過ぎることとなる。

(8)「笠のかけ」の文体様式を「ほとんど漢文訓読体」とする渡邉前掲論の判断は、和歌を含まない初出形によるものとはいえ、妥当とはいいがたい。

(9) 小林『田山花袋研究――博文館入社へ――』および『田山花袋研究――年譜・索引篇――』(一九八四・一〇、桜楓社)、丸山幸子「田山花袋紀行年表」(『文学研究パンフレット　花袋とその周辺』一九八四・一二)、渡邉前掲論、宇田川昭子・丸山幸子・宮内俊介編「年譜」(『定本花袋全集』別巻、一九九五・九、臨川書店)

(10)「「重右衛門の最後」」(『自然主義文学における虚構の可能性』一九六八・一〇、桜楓社)

(11) ただし、渡邉前掲論は九月一日付『信濃毎日新聞』の同件の報道記事に「一昨々日」とあることから、二十九日に起きた可能性も捨てきれないとしている。

(12) これらはすべて、現在最も網羅的な『田山花袋作和歌目録』(二〇〇六・三、田山花袋記念文学館)に未収録のものである。

(13) なお、この時の三水村での見聞を素材とした早い時期の作品として、『重右衛門の最後』における「娘つ子」と同一のモデルを扱った小説「狂女」が知られている(小林『田山花袋研究――博文館入社へ――』)。この小説は従来、前編(『新日本』一八九四・一二)のみで一時中絶し、改題「蕎麦の花」(『文学界』一八九五・一二)において前後編が併せて発表されたと目されていた（宮内俊介編「著作年表」『定本花袋全集』）が、実際には後編（『新日本』一八九五・一）も発表されている。

（14）松村友視「『重右衛門の最後』の思想構造」（『近代文学の認識風景』二〇一七・一、インスクリプト）

第四章 「見えざる力」から「蒲団」へ――岡田美知代宛書簡中の詩をめぐって――

一 「蒲団」研究における書簡の扱いの問題点

「蒲団」（『新小説』一九〇七・九）の作者とモデル岡田美知代との間に数多くの書簡の遣り取りがあったことはよく知られている。その書簡の一部は、花袋の没後およそ十年にして公にされた。[1]その際、編者はそれらの書簡を「蒲団」の「母胎」と称し、「これこそ花袋ではないがありのまゝの告白であり、露骨なる報告であるといふことが出来やう」と述べている。ここで、編者の立場は、「発表当時囂々世評の渦を巻き起し、時には痛烈なる指弾を蒙つた所謂モデル問題も、この書簡集によつて最後の解決が与へられる」という言葉からも窺われるように、「ありのまゝの告白」あるいは「露骨なる報告」という位置付けを前提として、それらの書簡を「蒲団」の素材となった事実を解明するための決定的資料と見做すものだった。このような書簡の扱い方に対しては、すでに早い時期に、書簡に表れた「公的事実」と「蒲団」にあらわれた「私的事実」を対比した上で、花袋書簡を「「蒲団」とうらはらの関係にある作品」（傍点原文）として評価する大久保典夫の論文が、[2]重要な一石を投じていた。ところが、その後、新たな資料の公刊[3]によって、花袋と美知代の往復書簡には、まったく「公的」とはいえない、きわめて「私的」な性格を持つものが多く含まれること、とりわけ「美知代からの恋文めいた手紙」[4]の存在が明らかとなった。「蒲団」研究に対するこの第二の書簡公表のインパクトは、第一のそれと等しく、良くも悪しくも大きかった。新たに公開された大量の書簡は、「蒲団」の成立をめぐる実証研究の進展に寄与した一方、その半世紀以上前に「花袋「蒲団」

のモデルを続る手簡」が発表された時とほとんど同様に、それ自体で「『蒲団』の真実に迫るもの」[5]だという素朴な期待を生むこととなり、その結果、それらの書簡も「作品」として読み解かれるべきだという重要な視点は、後退を余儀なくされたのである。

だが、美知代宛花袋書簡中には、明らかにそのような単なる資料としての扱いを拒絶し、「作品」としての解釈を要求する箇所が存在する。一九〇五年（明治三八）（推定）六月七日（消印十日）付書簡に含まれる詩「見えざる力」、および同年七月六日（消印八日）付書簡に含まれる無題の詩二篇がそれである。これまで、「蒲団」研究において美知代宛書簡を参照することは、書簡と作品との内容の類似をとおして、告白による作者の自我の確立という旧来の定型に作品の読みを回帰させる傾向をもっていた[6]。それに対し、本章では、書簡中に含まれる詩の解釈を行うことで、「蒲団」がむしろ不可解な力による「自我」の破壊を主題とする作品であることを明らかにしたい。

二　「見えざる力」という主題

見えさる力[7]

見えさる力――／あゝ其力、いかなれは／さゝやき、ミたれ、猛りつゝ／亡ひよとのみ迫り来る／／
乱れては波、岩かけの／薄[8]の花白く岸に散り／猛りては風、あらかねの／陸の日暗く雲に入る／／
さひしさのわか胸／あゝさひしさのわか胸／白き其影今行くよ／天馬の手綱つめのおと／／
もえるる[9]血汐も濁る黄や／大空夢も地の闇／ひとり住み、ひとり悶へ、ひとり狂ひ／――みだれ御魂の消えにし今、／／
さなりこの今、しめやかに／ゆるやかにくちなはのごと／襲ひ来る影あらさひし／蒼白き額を見ずや／／

思をうけし雲の袖／かゝやく色彩（いろ）も灰に消えて／村のかきねのおくふかく／蔦のからまる墳墓（つか）の石／／
妙なるにほひ白膏の／清き尊き美しき／少女の像も地に委して／さひしき夕日、秋の園／／
大波さわくたはなるこの世／その巴渦の末の泡／乱れてちりてさゝやくや／『亡ひよ、亡ひよ、皆亡びよ』

右の本文中、傍線を付したのは、この詩の基調をなす七五調から逸脱した破調の箇所である。この詩の音律は、同じく破調の箇所に傍線を付して示せば、次のようになる。(10)

七／七・五／七・五／七・五／／
七・五／七・五／七・五／七・五／／
五・四／七・四／七・五／七・五／／
七・五／七・五／五・六・六／七・六／／
七・五／五・七／七・五／五・七／／
七・五／七・六／七・五／七・五／／
七・五／七・五／七・五／七・五／／
七・七／七・五／七・五／四・四・六

ここで、あえてこのような煩瑣とも見える作業を行ったのは、この詩では音律が解釈上重要な役割を果たしており、そのような形式的側面への配慮をとおして、「ロマンチックな長い詩」（小谷野）、あるいは「ミチヨへの「恋」が成就できるならば、世を捨て、身を亡ぼしてもいいという切ない気持、到底現実の姿として捉えることのできぬ世界への、無限のそして激しい「欲情」をぶつけている」（小林）といった見方に止まらない解釈の可能性が開けてくるからである。

この詩は、はじめに七音で「見えさる力」という主題を示した後、ダッシュによる沈黙――その「力」の到来を固唾を呑んで見守る語り手の戦慄を示す沈黙を挟んで、七五調を基調に進行するが、第三連冒頭の二行に至り、「さひしさのわか胸／あゝさひしさのわか胸」という直接的に感情を吐露した表現が感嘆詞と反復を伴った破調によって導入され、第四連末尾でも同じく直情的な「ひとり住み、ひとり悶へ、ひとり狂ひ／――みだれ御魂の消えにし今」という詩句が、またも反復を伴う破調によって提示される。これら二箇所の破調は、いずれも七五調に収まりきらぬ語り手（この詩における潜在的な「我」）の激しい動揺を訴えるものと考えられる。つづく第五連は、七五と五七とを交互に用いたものだが、その効果は主として第一行から第二行にかけて、「しめやかに／ゆるやかに」と行を跨いで五音の詩句が脚韻を踏みつつ連続することによって、「さびしさ」が「くちなはのごと」く徐々に心に這い入る様相が、音律の上からも聴取されるという点にある。というのも、隠微に心に忍び寄る「さびしさ」のそのような姿は、流暢な七五調の連続では到底表現しきれないからである。第六連と第七連はほぼ乱れなく七五調を刻んでいるが、最終第八連はまたしても破調を示すこととなる。ここでは、最終行で「見えさる力」の擬人化されたささやきが、「亡ひよ、亡ひよ、皆亡びよ」という、畳み掛けるような反復を伴った破調によって、無気味に強調されているのである。

一方、この詩を読み返して七五調の支配する箇所を確認すれば、それらが主に視覚的に形象を表現した箇所であることが分かる。第二連、および第三連後半では、「見えさる力」を「波」「風」「天馬」等によって象徴し、第四連前半、第六連、第七連では、「闇」「墳墓の石」「秋の園」などによって「さひしさのわか胸」の心象風景が描出されているわけである。

このように考えれば、この詩からは、破調の部分によって示された未知の統御しがたい目に見えぬ力と、七五調の部分によって表された、それらを視覚的に象徴化し、理知的に整序しようとする語り手の努力との対立が読み取られる。だが、対立する二つの力はけっして拮抗しているわけではなく、既に表題からも明らかなように、優位にあるのは「見えさる力」の方であり、最終的にその力が語り手の努力に対して勝利を収める。そのことは、最初の連では、「見えさる力」の不可解な襲来の理由に対する語り手の疑問が、ともかくも七五調に整えられた形で表現されていたのに対して、最後の連ではその力を七五調のうちに収めようとする語り手の絶望的な努力が破綻し、語り手に媒介されない「見えさる力」の生の声が、唐突な直接話法によって、脅迫的に響き渡っていることからも観取される。この詩には、突然の、原因不明の「見えさる力」の襲来と、その襲来によってもたらされた動揺を詩的に整序しようとする語り手の「自我」の敗北が表現されていたのである。

三　「時」と「死」への変奏

さて、それからほぼ一ヶ月後の書簡に記された二つの新体詩のうち第一のものには、「見えさる力」とは対照的に、全てが過ぎ去った後のむなしい静寂が支配している。

石榴（せきいろ）、火に燃えて／碧き空、しづけし。／思ひはなぞや／たゞよひわたる、／海の彼方。／／
羅（うすもの）の色衣（いろきぬ）、／美しや、寝姿。／風涼うて／水色なせる釣床に／たゞこそ見ゆれ、松、海ぞひ。／／
さゝやきわたりしよ、／絶々に、唯此夢。／煩悶（もだえ）さながら／よせくる大波、そゝり立つ／岩に砕けて散りしが如。／／

少女は松の枝(えだ)、／わたる風かすかに、／かをるや、晴衣／読さしの詩集そととぢて、／見かはせし其眼をこそ。
／／
大湊(おほなみ)のゆきゝ(往来)や、／松の音はたたえて、／今静かに、／静かにうつる水の面。／澄むや、あまりに碧の空。(11)

この詩に関しても、従来、「郷里に帰って夏を過しているミチヨの姿を想像して、その美しさを慕う気持を訴えている」(小林)、「何とか美知代との間の恋愛遊戯を復活させようとしている」(小谷野)といった解釈が施されているが、本章の問題意識に沿って新たに解釈を試みれば、次のようになるだろうか。

まず、第一連では、炎天の下、語り手の「思ひ」が、何物をか求めて「海の彼方」に「たゞよひわたる」が、第二連で、その「思ひ」の先に彼が夢想するものは、「海ぞひ」の「釣床」に横たわる美しい「寝姿」——後に第四連で言及される「少女」の姿であることが明らかとなる。第三連では、その姿が回想であることが助動詞「し」によって明示される。語り手は今も抱いている「此夢」を、その少女と「さゝやきわた」ったが、その「さゝやき」は、その時「夢」を実現しようとする「煩悶」さながらに岸に寄せていた「大波」が「そゝり立つ岩に砕けて散」ったように、今やむなしくなってしまったのである。第四連では、ひきつづきその時の「少女」の姿、彼女が「読さしの詩集そととぢて、／見かはせし其眼」の様子が想起されている。そして、第五連においては、「大湊」の干満のように、語り手の眼は、過去から再び現在に復帰し、すべてが過ぎ去った後の、あまりにも静穏で空虚な風景に直面することとなる。過去と現在の対比というこの詩の構造からして、そうした風景に語り手を直面させたものは、「見えざる力」のヴァリエーションとしての「時」の力であると考えてよいだろう。

この詩の直後に記された第二の無題詩は、ここまでの二つの詩のそれぞれのモチーフ——語り手を脅かす謎めいた力への不安と、空虚な現在からの美しい過去への回想という二つのモチーフを総合した内実をもつように思われる。この詩は七七調を基調とするが、最初の詩と同様、きわめて多い破調の箇所に傍線を付して本文を示せば、次のようになる。

黒衣を着けたる僧の如く、／死の影をくらきこの五月森。／流れぬ水は、銕とどよみて、／黄なる、泡こそ地（つち）にはにじめ。／／
たまさか夕日、影はさすとも、／をくらき影はとはに蔽ひて、／深きはおくつき、花も見えす、／葎に音する風生温（なまぬる）や。／／(12)
見馴れぬ草葉をそと分けぬれば、／蜥蜴、くちなは、はたむぐらもち、／誰か領をば襲い来やとて、／走るよ、飛ぶよ、匍ひ行くよ。／／
昨日も今日もなづめる雨に、／さらでも低き澤地の泥（はに）。／をはぐろなせる溝は溢れて、／落ちてまみれしさこ栗の花。／／
草むらの影、杜のかげ、／悶えし、愁ひし、はたつかれし、／くろき、をぐらき、はた浅ましき、／生のこの影誰ぞ恐れざる。／／
あゝ一時、／いかなれば、たゞ一時／このくらき杜、日に栄（は）えて／葉きらめき、風きらめき、水きらめき、／世にしらぬ烈しきかをり、／夢のごと、／てり渡り、かをり渡りし。

その音律は、以下のように表される。

七・六／八・七／七・七／七・七／／

七・七・七／八・六／八・七／／
八・七／七・七／七・七／七・五／／
七・七／七・六／七・七／七・七／／
七・五／八・六／七・七／七・七／／
六／五・六／七・五／五・六・六／五・七／五／五・七

この詩についても、「花袋自身が激しくミチヨにぶつけた「欲情」を表し、そのいまわしく、狂おしきものから何とか脱却したいと苦しむ気持を端的に表現している」（小林）という解釈は、的を射たものとはいいがたい。小林の解釈は、「五月森」をめぐって展開された一連の形象を花袋の「欲情」の象徴と見做すものと思われるが、冒頭の「黒衣を着けたる僧の如く／死の影をくらき」という形容句[13]からして、「五月森」を「欲情」の象徴とするそのような解釈にはなじまない。「黒衣を着けたる僧」と「死の影」は、激しくぶつけられる「欲情」とは正反対のものである。ここで「五月森」は、不可解な「死の影」に怯える「僧」のような憂悶に鎖された生活――「流れぬ水」のように沈滞し、「黄なる、泡」のように嫌忌すべき生活の象徴である。もしそれでもこの詩を花袋の実生活に結び付けるとすれば、花袋自身の「死の影をくらきこの五月森」のような暗鬱な生活は、美知代の出現によって「たゞ一時」だけ「日に栄え」たが、それも束の間であり、今は再び「をくらき影」に「とはに蔽」われてしまうように感じられる――そのような嘆きを訴えたものと解すべきであろう。ひとたび光が射しわたったがゆえに、再び戻った闇は以前より一層暗く感じられるのであり、語り手は一瞬射しわたったその光を、今やかえって怨むようになったのである。

この詩を読んで、音律上すぐに気付かされるのは、全体の基調をなす七七調が、最終連に至って全く聴かれなくなるということである。その音律の転換は、「あゝ」という語り手の絶叫によってもたらされる。第一連から第四連までの陰鬱な「死の影」に蔽われた「五月森」の単調な七七調を基調とする叙景が、第五連に至り、すべての人に共通する（「誰ぞ恐れざる」）、憂悶と疲弊に鎖された「生のこの影」（それは「生」そのものの内包する「死の影」でもある）の象徴だということが明らかにされる。それを受けて、叙景は抒情へと急転し、七七調のうちに象徴的風景を整序してきた語り手はその平静を完全に喪失して、六音または五音単独で行をなすというような混沌とした断片的な調子によって、自己の心情を愁訴することとなるのである。

ここまで確認してきたように、「見えさる力」においては原因不明の「力」の襲来とそれによってもたらされた動揺を詩的に整序しようとして失敗する語り手の破滅が、第一の無題詩においては美しい過去への追憶から現在へと回帰して全てが過ぎ去った後のむなしい静寂に直面する語り手の命運が、第二の無題詩においては一時的に現れてすぐに過ぎ去ってしまった希望を回想しつつ謎めいた「死の影」への不安に鎖されてゆく暗鬱な語り手の姿が、それぞれ語られているということができる。いわば、「見えさる力」において語り手を破滅させた不可解な力は、第一の無題詩においては語り手を空虚な現在に直面させる「時」の力として、第二の無題詩においては生を侵食する「死」の力として、それぞれ変奏されているのである。

四　書簡中の詩と「蒲団」結末場面をつなぐもの

これらの詩から約二年後、「蒲団」発表から三ヶ月半前に、花袋は記者の前書から一九〇七年（明治四〇）五月十五日の談話と分かる「詩談」（『詩人』一九〇七・六）において、「現代の詩は自然に出来て自然の面白味が有る、自然が基礎となつて、それが深く〳〵又種々の形を産んだものと思はれます」と当時の詩を「自然」という観点から評価したのにつづけて、その「自然」の内実を次のように説明している。

> つまり事物を描写して感じを表はして行けば一の宗教観や社会観や、人生観よりも、ずつと大きいある物につき当るであらう、この大きなものにつき当つた詩が私は誠に面白い詩であり且実のある見るべき詩であらうと思ふ。
> 例へて見れば此人生観や、宗教観や、人生観（ママ）以外のあるものにふれた詩人はフエルレンやマルメラ（ママ）などであらう、実にこれらの人の如く奥へ奥へと行つた詩をよむと物事を誇張したやうなものにふれるやうである。

ここでいう「一の宗教観や社会観や、人生観よりも、ずつと大きいある物」とは、書簡中の詩で表現されていた個人を超越した不可解な「見えさる力」と同様のものを指すと考えられる。後段の「物事を誇張したやうなもの」という表現は一見否定的に響くが、一定の「宗教観や社会観や、人生観」によって「物事」を眺めていてはつかめない、その「奥へ奥へと行つた」先に存在する「あるもの」をはっきりと感じさせてくれる点を、「誇張」という言葉で表現したものであろう。そのような詩人の例としては、マラルメの名も挙がっているが、特にヴェルレーヌについては、花袋がその詩風に早くから惹かれていたことを、蒲原有明「象徴主義の移入に就て」（『飛雲抄』一九三八・一二、書物展望社）の次の一節から知ることができる。

> ヴエルレエヌの英訳詩抄本に、田山花袋氏が先鞭をつけたのもやはりその頃のことである。これはガアトルウド・ホオルといふ人の翻訳で、シカゴ版である。訳本そのものは最早珍らしくもないが、これが恐らく仏蘭西新詩人の面影を我邦に伝えた英訳本の最初であつたらうと思ふ。わたくしは後に花袋氏からこの書を贈られた。

その書の扉の紙の端に、「明治三十七年二月、花袋」の文字が見られる。花袋氏はこの英訳本によつて、雨の詩とピヤノの詩を邦語に移したといふことであるけれども、わたくしはまだ見てゐない。

ここで言及されている「ヴエルレエヌの英訳詩抄本」とは、*Poems of Paul Verlaine*, trans. by Gertrude Hall. Chicago: Stone & Kimball, 1895. (The green tree library) のことである。「雨の詩」は底本無題詩の訳「雨」（『太陽』一九〇三・二・一）のこと、一方「ピヤノの詩」は有明の記憶違いで、実際に「雨」と同時に発表されたのは Chanson d'automne の訳「風」の方だが、実は「ピヤノの詩」も、美知代宛書簡中の詩と「蒲団」とのつながりを考える際に、落とすことのできない作品なのである。有明のいう「ピヤノの詩」は、底本で「雨」の次に掲げられた左の無題詩を指している。

The keyboard, over which two slim hands float,/ Shines vaguely in the twilight pink and gray,/ Whilst with a sound like wings, note to note/ Takes flight to form a pensive little lay/ That strays, discreet and charming, faint, remote,/ About the room where perfumes of Her stay.// What is this sudden quiet cradling me/ To that dim ditty's dreamy rise and fall?/ What do you want with me, pale melody?/What is it that you want, ghost musical/ That fade toward the window waveringly/ A little open on the garden small?

ここでは、第一連最終行の大文字の「彼女」Her がまず、語り手にとって運命的な、そして何かしら霊的な女性の存在を暗示し、第二連では、恍惚とした眠りに誘いつつ語り手に不可解な何ものかを要求する、その女性の奏でる旋律がghost musicalと名づけられている。語り手はghost musicalの望むものが何であるかを何度も問いかけて知ろうとするが、その答えを与えぬままにghost musicalは語り手の前から消えてゆく。このghost musicalは書簡中の詩のように語り手を攻撃して破壊することはないものの、自分が何を望まれているか分からない不安の中に語り手を取り残して苦悩させるという点では、やはり不可解な「見えさる力」の表現となっているのである。

ところで、この詩の語り手の姿と、語られた「彼女」の姿とは、本文中には具体的に描かれていないが、*Poems of Paul Verlaine* では Henry McCarter の挿絵によって、読者は自身の想像を膨らませることができる（図版参照）。その挿絵では、たそがれの室内に男が沈思しつつひとり俯きがちに佇んでおり、ピアノの前の椅子には、「彼女」の姿が、微かに影のように描かれている。そして、その場にいる彼女の匂いと、ピアノから奏でられる旋律は、画面下方に配された薔薇の花によって表現されている。

"LE PIANO QUE BAISE UNE MAIN FRÊLE."

図版　Poems of Paul Verlaine の Henry McCarter による挿絵

　この挿絵によって方向づけられる「ピヤノの詩」における室内風景のイメージは、あの有名な「蒲団」の結末にも、なにがしかの影を落としていると思われる。室内を満たす薄暗いぼんやりとした光線、実際にはその場にいないものの匂いによってかえって強くその存在が実感される女性、そしてその女性の不可解な力によって陶酔に導かれながらも深く苦悩する男性の姿——これらはいずれも、両作に共通するモチーフといえる。

「ピヤノの詩」はこのように、「見えさる力」をはじめとする書簡中の詩と「蒲団」結末場面とをつなぐ媒介として位置づけることが可能である。次節では、書簡中の詩で提示されていた不可解な力による自我の破壊という主題が、「蒲団」結末場面においてどのような表現を見出しているかを分析したい。

五　「蒲団」結末場面の解釈

書簡中の詩と「蒲団」の間に見られる類似については、すでに高橋前掲論文に指摘がある。高橋は、書簡中の第二の無題詩における長雨に降りこめられた「五月森」のモチーフが「蒲団」において「気持ちを抑え込まなければならない時雄や芳子の暗い心の表象」として繰り返し用いられる薄暗い「裏の森」に通じること、特に光線と薫香のモチーフが「蒲団」の結末場面に通じることに依拠しながら、両作の間に見られる「語句の内容、感得される官能の相似」を指摘している。しかし、高橋は、「語句の内容」や「感得される官能」の実質についてはただ「〈個人・煩悶・生活の充足〉といったもの」と概括するのみで、最終的には「書簡に書かれた新体詩を検討する限り、結末場面には、詩を詠じずにはおられなかった美智代(ママ)帰郷より半年前の花袋の真情も重ねられていると断じてよいだろう」と結論することによって、書簡を「花袋の真情」を知るための資料として扱う従来の立場に回帰してしまっている。書簡中の詩と「蒲団」とのモチーフ上の類似についての高橋の指摘を踏まえた上で、さらに作品の実質に踏み込んだ検討が必要といえよう。

さて、書簡中の詩で様々に変奏されていた不可解な力は、「蒲団」では「自然の底に蟠れる抵抗すべからざる力」（四）あるいは「自然の最奥に秘める暗黒なる力」（七）と呼ばれている。[14] これらの表現は、書簡中の詩では「時」

や「死」に関連付けられていた「力」が、「詩談」における同様に、より包括的な「自然」に結び付けられている点で興味深いが、そのような不可解かつ不可抗な「自然」の「力」による自我の破壊という主題は、「力」の語が直接使われていない結末場面において、かえって充実した表現を見出しているように感じられる。分析の便を図るため、文番号を付して結末場面を引用しよう。

> [1]時雄は雪の深い十五里の山道と雪に埋（うづも）れた山中（やまなか）の田舎町とを思ひ遣つた。[2]別れた後其儘にして置いた二階に上つた。[3]懐かしさ、恋しさの余（あまり）、微かに残つた其人の面影を偲（ママ）はうと思つたのである。[4]武蔵野の寒い風の盛に吹く日で、裏の古樹には潮（うしほ）の鳴るやうな音が凄（ママ）しく聞えた。[5]別れた日のやうに東の窓の雨戸を一枚明（あけ）ると、光線は流るゝやうに射し込んだ。[6]机、書箱（ほんばこ）、罎、紅皿、依然として元の儘で、恋しい人は何時もの様に学校に行つて居（を）るのではないかと思はれる。[7]時雄は机の抽手（ひきだし）を明けて見た。[8]古い油の染みたリボンが其中に捨てゝあつた。[9]時雄はそれを取つて匂を嗅いだ。[10]暫くして立上つて襖を明けて見た。[11]大きな柳行李が三箇細引で送るばかりに絡げてあつて、其向ふに、芳子が常に用ゐて居た蒲団——萌黄唐草の敷蒲団と、綿の厚く入つた同し模様の夜着とが重ねられてあつた。[12]時雄はそれを引出した。[13]女のなつかしい油の匂ひと汗のにほひとが言ひも知らず時雄の胸をときめかした。[14]夜着の襟の天鵞絨（びろうど）の際立つて汚れて居るのに顔を押付けて、心のゆくばかりなつかしい女の匂ひを嗅いだ。
>
> [15]性欲と悲哀と絶望とが忽ち時雄の胸を襲つた。[16]時雄は其蒲団を敷き、夜着をかけ、冷めたい汚れた天鵞絨の襟に顔を埋めて泣いた。
>
> [17]薄暗い一室、戸外（おもて）には風が吹暴（ふきあ）れて居た。

ここには、はじめのうちこそ時雄が自身の意図に従って行動し、その意図を次々に実現させてゆくものの、徐々に時雄の意図に従属しない事柄が介入しはじめ、さらにそれらの事柄の働きかけによって、時雄が自らの行動を制御できなくなってゆく様子が描かれている。

はじめに、第二文の「二階に上つた」という時雄の行為は、芳子の戻った故郷を「思ひ遣つた」という第一文、および「其人の面影を偲はう（ママ）と思つたのである」という念押しするような文末を伴う第三文によって、十分に内面的に動機づけられている。だが、すでに次の第四文においては、時雄の意図とは無関係に鳴り響く暴風の音が、結末場面のその後の展開を予兆するかのように、不気味に聞こえてくる。しかし、まだこの時点では、時雄は明確に自身の意図に従って行動しているということが、後続する一連の文において示される。第五文の主節「光線は流る、やうに射し込んだ」は、修飾節の「東の窓の雨戸を一枚明る」という時雄の行為の意図したとおりの結果を表しているし、さらに時雄がそのように日光を室内に射し入れようとしたのは「机、書箱、罎、紅皿」といった芳子の残していった道具類を眺めるためだったということが、次の第六文から知られる。「恋しい人は何時もの様に学校に行つて居るのではないかと思はれる」のも、「其人の面影を偲はうと思つた」という時雄の最初の意図に完全に合致する結果であった。

ここで、「時雄は机の抽手を明けて見た」という短い第七文が来る。その行為は、はじめからリボンがそこにあることを知っていて、さらにその匂いを嗅ごうとする時雄の意図のもとになされたと考えることもできる。しかし、短文の連続による「明けて見た」「捨て、あつた」「匂を嗅いだ」という畳みかけるような慌しいリズムは、むしろ時雄の「匂を嗅いだ」という行為が「リボン」の発見に促された衝動的なものだったという印象を与える。

さて、第十文以降は、「蒲団」という題名の根拠となった重要な箇所である。この箇所は、作品総体に対してはおおむね好意的な評の多かった「『蒲団』合評」（『早稲田文学』一九〇七・一〇）においてさえ、「誇張、滑稽の感」（小栗風葉）が指摘され、「あまりにわざとらしい」（相馬御風）と非難されたが、不可解な力による自我の破壊という主題の表現のためには、必要不可欠な箇所なのである。

まず、第十文の「襖を明けて見た」という行為は、「芳子が常に用ゐて居た蒲団」を「引出」すためであったと考えてよい。しかし、第十四文の「心のゆくばかりなつかしい女の匂ひを嗅いだ」という行為までが、初めから意図されていたものかは疑わしい。というのは、その直前の第十三文の翻訳調の表現は、主語である「女のなつかしい油の匂ひと汗のにほひ」が、目的語である「時雄の胸」を「ときめかせた」ことが、時雄をして自らの意図にかかわりなく、その匂いに衝き動かされるようにして、次の第十四文の動作を行わせたことを示唆しているからである。

このように、二つの匂いを嗅ぐ動作によって、時雄の自我による行為の支配がけっして堅固なものでないということを表現してきた本文は、改行を挿んで次の第十六文以降、決定的な段階に到達する。「性欲と悲哀と絶望とが忽ち時雄の胸を襲つた」という文は、第十三文と同様の文型をとりつつ、時雄の自我のまったく受動的な立場を示している。それら二つの文は、第一文の「時雄は……思ひ遣つた」、および第三文の「……と思つたのである」という時雄を主語とする表現と、明確な対照をなしている。ここで、時雄の自我は、もはや自ら意図して行為を支配する主体ではなく、何ものかによって暴力的に衝き動かされる客体となっているのである。しかも、「性欲と悲哀と絶望と」の襲来は、前の文で示された「心のゆくばかりなつかしい女の匂ひを嗅いだ」という動作によって意図された結果ではないこと、むしろその意図とは正反対のものだということは明らかである。時雄の匂いを嗅ぐという動作は、「心のゆくばかり」という修飾句からも分かるように、自身の欲望の充足を意図してなされたものだったが、その結果として出現したものは、「性欲と悲哀と絶望と」――すなわち、さらなる欲望と、その充足の不可能からくる負の感情の襲来だったのである。さらに、つづく第十六文に示された時雄の一連の行為の原因が、時雄を襲った「性欲と悲哀と絶望と」であり、時雄自身の自律的な意図でないことも明らかであろう。ここで、それまで辛くも時雄の行為を支配してきた自我は、「性欲と悲哀と絶望と」の襲来によって、完全に破壊されてしまったように見える。

こうして、「微かに残つた其人の面影を偲はう（ママ）」という明確な意図のもとに始められた時雄の一連の行動は、匂いを嗅ぐという行為をとおして徐々にその自律性を喪失し、時雄自身の意図とは正反対の事柄――「性欲と悲哀と絶望と」の支配のもとに、「冷めたい汚れた天鵞絨の襟に顔を埋めて泣」くという思いがけない結果に終った。ここにおいて、時雄の自我の敗北と破滅は、決定的になったといってよい。

さて、結末の「薄暗い一室、戸外には風が吹暴れて居た」という簡潔な環境描写は、時雄の意図に従属せずにかえって彼の自我を襲来し、破壊する力の存在を象徴的に示していると考えられる。まず、「薄暗い一室」という描写は、第五文の「光線は流る、やうに射し込んだ」という描写とは反対の事柄を表現したものである。この「光線は流る、やうに射し込んだ」という描写は、引用部の前半における「其人の面影を偲はう（ママ）と思つた」→「東の窓の雨戸を一枚明る」→「光線は流る、やうに射し込んだ」→（その光線に照らされた）「机、書箱、罎、紅皿」→「恋しい人は何時もの様に学校に行つて居るのではないかと思はれる」という、時雄の意図が徐々に実現する流れの中に組み込まれたものだったが、結末では時雄の当初の意図を裏切るかのように、室内はいつのまにか「薄暗」くなっているのである。さらに、「戸外には風が吹暴れて居た」という描写も、引用部において初めて時雄の意図に従属しない事柄として予兆的に現われた第四文の「武蔵野の寒い風」と対応している。「戸外」で鳴り響くこの暴風の音は、時雄の自我の外側から襲来する不可解な力の存在を最終的に力強く暗示して、作品を収束させているということができる。このように、「蒲団」で象徴的に語られていたのは、自らに従属しない不可解な力の影響によって自律性を喪失し、最終的に破壊されるに至る主人公の「自我」の姿だったのである。

注

（1）「花袋「蒲団」のモデルを繞る手簡」（『中央公論』一九三九・六）
（2）「自然主義と私小説――「蒲団」をめぐって――」（『現代文学史の構造』一九八八・九、高文堂出版社）
（3）福地昭二「花袋と「蒲団」のモデルとの往復書簡についての一考察」（『関東短期大学国語国文』一九九二・三、一九九三・三、一九九四・三）においてその一部が逐次報告され、大部分が館林市教育委員会文化振興課編『『蒲団』をめぐる書簡集』（一九九三・三、館林市）に集成された。
（4）小谷野敦「岡田美知代と花袋「蒲団」について」（『日本研究』二〇〇八・九）
（5）小林一郎「『蒲団』『縁』をめぐる書簡集」（前掲『『蒲団』をめぐる書簡集』）
（6）たとえば、比較的近年でも、書簡を数多く引用して「作家田山花袋のスタンスを明らかにしようとする実証的な検証」を試みた高橋博美「田山花袋「蒲団」に見る「狭間の世代」とその周辺――「私小説の濫觴」の汀――」（『阪神近代文学研究』二〇〇六・三）は、作品中に花袋が「近代的（西洋的）自我を獲得しようとしていったと読める箇所」の存在を指摘し、「「蒲団」は近代的な〈個〉の意識を確立するための習作であった」と結論している。だが、そもそも「蒲団」の本文中、「自我」という語の用例は、時雄の芳子に対する「無闇に意志や自我を振廻しては困るですよ」という「説法」（三）における一例のみである点に注意すべきである。なお、これとは別の方向性を持つ書簡を利用した研究としては、美知代を作品のモデルとしてでなく作家主体として捉える「〈作者〉をめぐる攻防――田山花袋「蒲団」と岡田美知代の小説――」（『日本近代文学』二〇一三・五）をはじめとする有元伸子の諸論文がある。
（7）以下、書簡中の新体詩の引用は全て『『蒲団』をめぐる書簡集』により、翻刻に疑義の存する場合は注によって示す。ただし、濁点の有無、変体仮名の処理の問題については、一々注を付けなかった。以下では「見えざる力」についても『書簡集』にしたがって「見えさる力」と表記する。

（8）この「薄」は、七五の音律、および「波」に「散る」という文脈からして、「藻」の誤りと思われる。

（9）「る」は衍字であろう。

（10）音律を示すに当たり、「薄」は「藻」に、「もえるる」は「もえる」に、それぞれ置き換えた上で処理した。出来るかぎり定型に従うため、第四連第二行の「地」は「つち」、最終連第二行の「巴渦」は「うづまき」として訓んだ。

（11）この詩は、『書簡集』の翻刻では、各連の第三行および第一連最終行が、書簡における字配りを再現して、いずれも五字下げで組まれている。

（12）この箇所は『書簡集』では改行のみで次の行に続いているが、最終連以外全て一連四行という形式の統一を保つために、ここで連を区切るのが妥当と思われる。

（13）「黒衣を着けたる僧」というモチーフについては、次章も参照。

（14）小泉浩一郎「「蒲団」論――その「自己変革性」をめぐり」（『テキストのなかの作家たち』一九九二・一一、翰林書房）は、これらの表現をキーワードとして「蒲団」の読解を試みている。

第五章　暴風・狂気・チェーホフ――「蒲団」執筆の背景とモチーフ――

一　美知代宛書簡と「蒲団」結末場面

「蒲団」（『新小説』一九〇七・九）発表の七ヶ月程前、花袋は二月二日付の岡田美知代宛書簡を、「今夜九時――森を隔て丶新宿の汽車の音が聞える、戸外には武蔵野の風か荒れて居る。此処に居て、遥かに二百里外の山中の雪に埋もれた市街を思出し、続いて、その奥の離れの二畳に貴嬢か孤燈の下に居らる丶を思出すのは、悲しいことです。幸に健有（ママ）なれ」[1]と結んだ。この一節からは、「武蔵野の寒い風の盛に吹く日」（十一、以下同）、「裏の古樹」に「潮の鳴るやうな音」を聞きながら、時雄が芳子の帰郷した「雪の深い十五里の山道と雪に埋（うづも）れた山中（やまなか）の田舎町とを思ひ遣」る、という「蒲団」終章の場面が、すぐに想起されるであろう。これと同様の記述は、前年十二月十四日付書簡にも、「電車汽車に近き処なれど、郊外は流石に郊外にて、霜白く天高く、武蔵野の風裏の欅の大樹をわたりて、おのつから自然の中の人となりたることくなるを覚え申候」、あるいは「北の窓を明くれば、欅の大樹風に鳴るを聞くべく」といったかたちで繰り返し現れてくる。しかし、同書簡中に「小生はやうやく郊外の家成り、去る九日に移転仕候」とあるように、これらの書簡に見える「武蔵野の風」や「欅の大樹」といった自然に関する記述は、すべて一九〇六年（明治三九）十二月九日に花袋が転入した代々木百三十三番地の家をめぐるものだという点に注意すべきである。「蒲団」結末場面は、作中の年立てからすれば一九〇六年一月に当たるが、その時点で花袋は未だ代々木の家へ転居しておらず、北山伏町三十八番地の家に住んでいたからである。たしかに、北山伏町の家の裏にも、「蒲団」に「裏の酒井の墓塋（はか）の大樹の繁茂（しげり）」（五）とあるように、旧酒井邸跡の墓地の森が隣接していたけれども、その木々が風に鳴るといった記述は、当時の花袋書簡には見られない。このことから、「薄暗い一室、戸外には風が吹暴れて居た」（十一）と結ばれる「蒲団」終章の自然描写には、より発表に近い時点、代々木の家における花袋の意識が反映していると考えられる。

しかし、もちろん、その反映は花袋を取り巻く自然環境からばかり、もたらされたわけではない。そうした環境から得られた素材を作品中に有意義な形象として取り込むにあたっては、執筆に近い時期の花袋の読書体験が大きな役割を果たしたと推測できる。

二　「蒲団」執筆期における『文章世界』英文和訳懸賞課題

「蒲団」の執筆時期は、「私のアンナ・マール」（『東京の三十年』一九一七・六、博文館）の「それは七月の末であつた」、「十日ほどで脱稿した」という記述により、おおよそ七月末から八月上旬にかけてであったことが知られているが、その下限の日付は八月十日にまで限定し得る。(2) 岩野泡鳴「利根河畔の一日」（『読売新聞』一九〇七・九・八）によれば、花袋は八月十一日、泡鳴、長谷川天渓、蒲原有明、前田晁とともに栗橋へ旅行しているが、その朝の出来事として、「上野停車場」で「猪苗代湖畔に帰るとて、同じ列車に乗る」後藤宙外に会ったことが記されているからである。花袋自身、「蒲団」を脱稿していなければ旅行に出かけるはずがないという点もさることながら、「蒲団」の掲載誌『新小説』の主筆宙外が帰省の途に就いていることは、この時点で既に主筆としての九月号編集業務が終了していたことを意味するだろう。なお、「私のアンナ・マール」には、「『新小説』の主筆のG氏から社へ電話がかゝつた」翌日に「原稿を持つて来て渡した」とあり、締切間近まで宙外自ら原稿の催促に当たっていたことが窺われる。

ところで、「社へ電話がかゝつた」という箇所からも分かるように、花袋の「蒲団」執筆は博文館の業務、主に『文章世界』編集主幹としての仕事と並行して行われたが、その中で最も手間の掛かったのは、読者からの大量の投稿作品の処理であったろう。この頃、『文章世界』の発行は毎月十五日、「懸賞応募規則」によれば投稿締切は前月二十日であった。そして、時期は二年程後になるが、一九〇九年（明治四二）七月のことを記した「梅雨日記」（『文章世界』一九〇九・八）を見ると、三日の項に「『文章世界』の〆切漸く近づく」、五日の項に「忙しき『文章世界』の編輯を木城君に託し、館を退出せんとする時」という記述があり、十一日が「校了日」となっている。これらを総合すれば、前々月二十一日から前月二十日までの投稿について、五日頃の入稿締切までに目を通して選評を書き上げ、さらに十日前後までにその校正を済ませる、というのが花袋の毎月の仕事の一つだったことが分かる。したがって、「蒲団」執筆を七月末から八月十日までとすれば、その頃花袋はちょうど『文章世界』八月号の投稿作品の選に当たっていたことになる。そこで、『文章世界』八月号の懸賞欄を確認すると、巻末の「英文和訳」課題とその入選回答（六月十五日号出題、七月二十日締切分）が、「蒲団」終章の自然描写との関係から注意を惹く。同じ懸賞でも小説などに比べ低い位置づけにあるこの欄に花袋が直接関わったとは考えにくいが、編集主幹として一通り目は通していたはずである。その課題英文の全文を左に掲げる。

The storm howled outside. Something wild and angry, but deeply miserable, whirled round the inn with the fury of a beast and strove to burst its way in. It banged against the doors, it beat on the windows and roof, it tore the walls, it threatened, it implored, it quieted down, and then with the joyous howl of triumphant treachery it rushed up the stove pipe; but here the logs burst into flame, and the fire, like a chained hound, rose up in race to meet its enemy.

唯一入賞した齋藤珪の訳は次のようになっている。

戸外は凄まじい暴風雨。何者かは分らぬが、或は怒り荒ぶが如く、或は憂ひ悲しむが如く、野獣かなどの猛るやう、旅舎の周囲を駆け旋つて、家の内に闖入しやうと焦つて居る。雨戸を叩く、窓や家根を擲つ、壁を壊す、脅喝する、歎願する、静穏になる、かと思ふと、奸計成就と云はんばかり、さも嬉し相な鯨波を挙げて、温炉の烟突を逆進する、すると薪が忽然焔となる、そして其焔は鎖に繋がれた猟犬のやう、敵に遇つて立ちあがり、莾りと憤を発するのであつた。(3)

なお、賞外の訳文についても、課題第一文の訳を「薄暗い一室、戸外には風が吹暴れて居た。」という「蒲団」の結末と比較すると、「戸外には嵐が吹き荒んで居る」(藤多文二)、「暴風雨は戸外に吹き荒びぬ」(神間生)、「暴風雨は外部を吹き荒んで居る」(千葉正男)など、きわめてよく似たものとなっている。実は、この課題の出典は、『田山花袋記念館収蔵資料目録1』(一九八九・三、館林市教育委員会)にも花袋旧蔵書として掲げられているチェーホフの英訳短篇集『黒衣の僧』Tchekhoff, Anton. The black monk and other stories, trans. by R.E.C. Long. London: Duckworth & Co, 1903. 所収の作品「旅中」On the way の一節なのである。「蒲団」に影響を与えた海外文学作品としては、従来ハウプトマン「寂しき人々」が考察の中心とされていたが、(4) 以下ではチェーホフ「旅中」受容の可能性を出発点に、新たな側面から「蒲団」の執筆背景とその中心モチーフを検討したい。

三　チェーホフ「旅中」の受容

「旅中」の舞台はロシアのある地方の旅宿、クリスマス前の吹雪の夜（冒頭近くのその描写が英文和訳の出題部分）、まだ小さな娘を連れたリハレフという中年の男がその宿に泊まっていると、近隣の農場へ向かうイロワイスカヤという二十歳くらいの女性が来合わせる。会話からイロワイスカヤは、リハレフがこれまでニヒリズムから無抵抗主義に至る数多くの思想に次々と熱中しながら、今や財産を使い果たして寄る辺ない身となっていることを知る。座談はいつか女性論に及ぶが、その話を聞くうちにイロワイスカヤには、女性がけっしてリハレフにとって一時的な話題などでなく、かつての様々な思想に代わる新たな信仰対象だということが呑み込めてくる。そして、翌朝、農場へ向けて旅宿を立つイロワイスカヤをリハレフが見送る結末場面で、冒頭近くの暴風の描写が、リハレフの孤立した過酷な生活状況を象徴するかように、「Outside, God alone knows why, the storm still raged.」というかたちで帰ってくる。要所ごとの反復によって暴風 storm のモチーフに象徴的意味を付与するこうした手法は、「蒲団」にも認められるものである。「妻があり、子があり、世間があり、師弟の関係があればこそ敢て烈しい恋に落ちなかつたが、語り合う胸の轟、相見る眼の光、其底には確かに凄じい暴風（あらし）が潜んで居たのである」（二）という一節に始まり、先に挙げた結末の一文に至るまで、「暴風」は作品を区切るように、一度「勢いを得」（二）れば「妻子（つまこ）も世間も道徳も師弟の関係も一挙にして破れて了ふ」（同）であろう「自然の最奥に秘める暗黒なる力」（七）の象徴として、繰り返し現れてくるのである。(5)

さて、「旅中」の結末、別離に際しイロワイスカヤはリハレフを無言で見詰めるが、その無言の凝視を受けて、小説は次のように結ばれることになる。

Whether it be that his sensitive mind read this glance aright, or whether, as it may have been, that his imagination led him astray, it suddenly struck him that but a little more and this girl would have forgiven him his age, his failures, his misfortunes, and followed him, neither questioning nor reasoning, to the ends of the earth. For a long time he stood as if rooted to the spot, and gazed at the track left by the sledge-runners. The snowflakes settled swiftly on his hair, his beard, his shoulders. But soon the traces of the sledge-runners vanished, and he, covered with snow, began to resemble a white boulder, his eyes all the time continuing to search for something through the clouds of snow.

ここでは、リハレフの考えが、彼自身の繊細な心によってイロワイスカヤの凝視の意味を正しく読み取ったものか、それとも空想 imagination によって誤った方向に逸らされたものかやや曖昧な面もあるが、彼の周囲を顧みない熱中癖や、全身雪に覆われるまで立ち尽くしていたという戯画的描写を考慮すれば、後者と取る方が自然であろう。とすれば、あと少しでイロワイスカヤは彼自身の年齢や失敗や不運をまったく問題とせず、どこまでも彼について来てくれるかもしれない、という橇を見送りながらのリハレフの考えは、「蒲団」における新橋駅で汽車を見送りながらの時雄の「空想」（十、以下同）とよく似た性質のものだといえるのではないか。そこで時雄は「其身と芳子とは尽きざる縁（えにし）があるやうに」考え、「此の芳子を妻にするやうな運命は永久其身に来ぬであらうか。この父親を自分の舅と呼ぶやうな時は来ぬだらうか。人生は長い、運命は奇しき力を持つて居る。処女でないといふことが――一度節操（たびみさを）を破つたといふことが、却つて年多く子供ある自分の妻たることを容易ならしむる条件となるかも知れぬ」という「空想」に耽っているからである。

なお、この別離の場面における類似は、両作における基本的な人物設定の共通性に基づいている。時雄は「三十六にもなつて、子供も三人あつて、あんなことを考へたかと思ふと、馬鹿々々しくなる」（一）とあるように三十六歳、リハレフは「I am forty-two to-day, with old age staring me in the face」とあるように四十二歳で、六歳の差はあるものの、いずれも中年の倦怠と、人生に対する失敗の意識とに悩まされる人物として登場する。一方、はじめて時雄に手紙を寄越した時に芳子は「十九」（二）、イロワイスカヤは「some twenty years of age」すなわち二十歳前後で、ともに地方の資産家の娘である。そして、時雄の「空想」とリハレフの imagination は、どちらも自身の前に現れた若い女性との結びつきによって「新なる運命と新なる生活を作りたい」（三）という願望、あるいはその女性の愛――「the infinite all-forgiving love」による自己救済への期待から生じたものなのである。

　ところで、同時代作家コロレンコは、「旅中」について「チェーホフは新しい皮をかぶった古いルージンのタイプを実に正しく描きだした」と評したという(6)。ツルゲーネフ「ルージン」が二葉亭四迷訳「うき草」（『太陽』一八九七・五・五〜一二・二〇）として、日本の自然主義作家たちに深い感銘を与えたことはよく知られているが、花袋も「旅中」を読んだ際、その主人公リハレフが「新しい皮をかぶった古いルージンのタイプ」であることを観取したに違いない。というのも、「旅中」と「蒲団」との類似点のうち最も印象深い結末での「暴風」の象徴的使用は、花袋の愛読した「うき草」にも認められるからである。その「大団円」において、落魄したかつての才子ルージンと旧友レジネフとの再会場面は、「戸外は風が出て凄い音がする。どつと烈しく吹付るので、玻璃戸ががた〱いふ。永い秋の夜になつた。此様な晩に、屋根の下に温にして蹲踞つてゐる者は幸福だ……神よ、家も無くて彷徨ふ人々を救はせ給へ！」という描写で閉じられている。「戸外は風が出て凄い音がする」というこの一見さりげない環境描写の余韻は、「Outside, God alone knows why, the storm still raged」という「旅中」の一節を介して、「蒲団」結末の「薄暗い一室、戸外には風が吹暴れて居た」という一文にまで及んでいないだろうか。こうした点からも、花袋がチェーホフ「旅中」に関心を寄せた背景の一端が引き出されてくるのである。

四　独歩訪問と短篇集『黒衣の僧』

チェーホフの英訳短篇集『黒衣の僧』からは、『文章世界』編集にあたって花袋を助けた前田晁が、『短篇十種チエホフ集』（一九一二・一二、博文館）において、「二つの悲劇」Two tragedies、「家で」At home、「一事件」An event、「寝坊」Sleepyhead、「黒坊主」The black monk の五篇を訳出した旨、その「例言」で述べており、博文館内で前田と花袋との間に『黒衣の僧』をめぐる会話が交わされた可能性が考えられる。さらに、『黒衣の僧』花袋旧蔵本には、「Hasegawa 1904」という、当時同じく博文館に勤めていた長谷川天渓によると思われる書き込みがあり(7)、社内でこの本が広く読まれたことを窺わせる。

だが、「蒲団」執筆に近い時期の花袋周辺での『黒衣の僧』受容に関する最も重要な証言は、国木田独歩「都の友へ、B生より」（『新小説』早稲田号、一九〇七・七・一五）に見出される。「久しぶりで孤独の生活を行つて居る、これも病気のお蔭かも知れない。色々なことを考へて久しぶりで自己の存在を自覚したやうな気がする」と療養生活における「自己の存在」の再発見を書簡形式で綴ったその作中、「森閑とした浴室、長方形の浴槽、透明つて玉のやうな温泉、これを午後二時頃独占して居ると、くだらない実感からも、夢のやうな妄想からも脱却して了ふ」という「温泉」から上がって、「僕」が自身の部屋に帰り、作品の中核をなす「ボズさん」の回想へと移る導入部に、次の記述が見られるからである。

　居室に帰つて見ると、ちやんと整頓て居る。出る時は書物やら反古やら乱雑極まつて居たのが、物各々所を得て静かに僕を待て居る。ごろりと転げて大の字なり、坐団布を引寄せて二つに折て枕にして又も手当次第の書(ほん)を読み初める。陶淵明の所謂る「不レ求二甚解一」位は未だ可(よ)いが時に一ページ読むのに一時間もかゝる事がある。何故なら全然(まるで)別の事を考へて居るからである。昨日も君の送つて呉れたチエホフの短篇集を読んで居ると、ツイ何時の間にか「ボズ」さんの事を考へ出した。

ここにある「チエホフの短篇集」とは、導入部と対応する終結部に「其処で僕は昨日チエホフの『ブラックモンク』を読さして思はずボズさんの事を考へ出し、其以前二人が渓流(たにがは)の奥深く泝(さかのぼ)つて「やまめ」を釣つた事など、それからそれへと考へると堪らなくなつて来た」（傍線原文）とあるのによって、英訳短篇集『黒衣の僧』を指すことが知られる。「全然で別の事」を考えながらの読書とはいえ、小説の中心となる「ボズさん」のことを想起する契機として、短篇集『黒衣の僧』が取り上げられているのは意味深いといえる。

一九〇七年六月二十日から湯河原の中西屋に滞在していた独歩を、花袋が二十二日——「蒲団」執筆の一月あまり前に訪問して一泊したことは、独歩の二十四日付小杉未醒宛書簡(8)に見えるが、その時の思い出を独歩没後、花袋は「インキ壺」（『文章世界』新緑号、一九〇九・五・一）の中に記している。

独歩集第二が傍にあつたので、手に取つて展げて見た。『都の友へB生より』の中の一頁がそれとなく明いた。ボスサン！

『ボスサン！　と僕は思はず声を挙げて呼んだ。』と書いてある。『君、狂気の真似をすると言ひ給ふな、僕は実に満眼の涙の落つるに任せた。』と書いてある。湯ケ原の奥の谷、降頻る雨の中に思出されたボスサンよりも、ボスサン！　と呼んだ不仕合せな友人が歴然と私の眼の前に浮んで来た。

私は其友の心のさびしさを思ひ遣つた。私がかれを其湯ケ原の温泉宿に訪れたのは、この短篇を書いた翌日であつた。友人は喜んで私を迎へた。酒も飲んだ。元気に話も為た。階下の湯槽につかつて、後脳を其の一端に載せて、一端に爪先をかけて、ふうわりと身を浮べて眼を閉ぢても見た。『かうして居る心地は実に忘れられないねえ』と友は言つた。(9)

この訪問からの花袋の帰りに、独歩が花袋に依頼して送らせたのが、まさに短篇集『黒衣の僧』であったわけだが、さらに、花袋が「都の友へ、B生より」によって個人的に語りかけられているという感覚を抱いたことも、「インキ壺」の記述から明らかであろう。(10) そしてその感覚は、独歩没後の再読時のみならず、まさに「蒲団」執筆直前の初読時にも同様であったことが、中村泣花「六月会第二例会の記（文章世界誌友小集）」（『文章世界』一九〇七・八）に伝えられた、七月二十日の同会における花袋の「独歩の都の友へＢ生よりは、眼識のない批評家や読者は、或はこんなものは小説でないと云ふかも知れんが、併し自分は独歩近来の佳作であると思ふ」という発言から窺われる。

ところで、ここで花袋のやや不正確に引く「君、狂気(きちがひ)の真似をすると言ひ玉ふか。僕は実に満眼の涙(なんだ)を落つるに任かした」という一節は、「都の友へ、B生より」と短篇集『黒衣の僧』とのつながりを考える上で重要である。というのも、訳者ロングの序文にある「His pages are peopled with psychopaths」という明快な指摘のとおり、短篇集『黒衣の僧』巻頭の表題作「黒衣の僧」と、巻末の「六号室」Ward No.6――収録された全十二篇のうち、質量ともに代表的といえる二篇は、いずれも「狂気」を中心的なモチーフとしているからである。精神科病院を舞台に、医師が入院患者の話に徐々に共感を深めるうち、いつしか自らも病院に収容されるに至る顛末を描いて、狂気と正常の境界の曖昧さを浮彫りにした著名な「六号室」はいうまでもなく、一方の「黒衣の僧」においても、主人公コヴリンの「狂気」の軌跡が、プロットの主要な推進力となっているのである。

「黒衣の僧」において、学士コヴリンは過労を原因とする神経症の療養のため帰省し、そこで後見人の娘ターニャと再会して結婚する。しかしその間に、コヴリンは彼自身のことを天才だと語りかける黒衣の僧の幻覚に度々接し、自らの才能に対する誇大妄想を昂進させる。結婚後、コヴリンはターニャの勧めにより治療を受け、病は快方に向かうが、妄想が去った後の自身の平凡さの自覚は彼を苦しめ、ターニャとの関係を破綻に追いやる。彼はターニャと別れ、肺病をかかえて情婦と暮らしながら、無味乾燥なアカデミズムの仕事に携わるようになる。だが、ある日、ターニャから父親の死を知らせる手紙が届く。その中でターニャは、彼のことを天才だと思っていたのに本当は狂人だった、といってコヴリンに憎悪の言葉を投げかけていた。その時、あの黒衣の僧の幻覚が再び彼に戻ってくる。彼には自身の才能へのかつての信頼が俄かに湧き起こるが、その瞬間、致命的な喀血が彼を襲う。コヴリンはターニャの名を呼び求めながら、妄想による幸福感のうちに事切れるのだった。

　この梗概をもってすると、「黒衣の僧」と「都の友へ、B生より」の最も見やすい共通点の一つは、冒頭で主人公が置かれた転地療養という状況にあることが分かる。だが、「狂気」という点で言えば、両作の主人公の態度はまったく異なっているように思える。コヴリンの「狂気」の中心が他者との比較において自身が優越していたいという高望みにあるのに対して、「都の友へ、B生より」で語られた「僕」の心境は、コヴリンのような自己の価値づけ方が必然的に失敗に帰し、「狂気」に陥るという認識によるものであろう、「くだらない実感からも、夢のやうな妄想からも脱却して」、「孤独の生活」において「自己の存在」を「自覚」する、という方向性を示しているのである。

　こうした方向性は、同時に引用された「不レ求二甚解一」の出典が、世間の名利から離れた田園での悠々自適の隠棲を記した陶淵明「五柳先生伝」であること、さらには「僕」が書簡中で哀惜するのが「世を遁れた人の趣」を持つ老爺「ボズさん」であることによっても確認できる。「ボズさん」は、自己の才能に必死でしがみつこうとするコヴリンとは対照的に、自身の名前にさえ執着せず、「本名は権十とか五郎兵衛とかいふのだらうけれど、此土地の者は唯だボズさんと呼び、本人も平気で返事をして居た」とされているのである。このように考えれば、「君、狂気の真似をすると言ひ給ふな」という「僕」の言葉は、現在の自分は一見すると「狂気の真似」と思われるように「ボズさん」の思い出に涙を濺ぎながらも、実際には「黒衣の僧」のコヴリンの「狂気」とは対照的に、「自己の存在」の「自覚」へと向かいつつあるのだ、という意味に解釈できる。

さて、このように「狂気」との関わりから当時の独歩の作品を思いめぐらす時、自ずから念頭に浮かぶのが、独歩唯一の長篇小説「暴風」（『日本』一九〇七・八・八〜二六）であろう。この小説は、作者の病のため中絶に終わったが、『病牀録』（一九〇八・七、新潮社）における「暴風の題の由来は、最後の一章に今井が狂気して暴風雨の鎌倉中を狂奔するさまを描かんとせるなり」という発言によって、その結末部分の構想を知ることができる。ここで、「暴風」というモチーフは「狂気」の象徴となっているわけだが、注目すべきは、「黒衣の僧」においても、主人公の誇大妄想を昂進させる僧侶の幻覚の出現のうち最初と最後のもの――コヴリンの「狂気」の発端と帰結を示す重要な場面における二つの幻覚の出現が、遠方から主人公に向かって接近する暴風として描かれている点である。まず、最初の出現は次のように描かれている。[11]

On the horizon, like a cyclone or waterspout, a great, black pillar rose up from earth to heaven. Its outlines were undefined; but from the first it might be seen that it was not standing still, but moving with inconceivable speed towards Kovrin; and the nearer it came the smaller and smaller it grew. Involuntarily Kovrin rushed aside and made a path for it. A monk in black clothing, with grey hear and black eyebrows, crossing his hands upon his chest, was borne past. His bare feet were above the ground.

最後の出現もこれと同様に――

A high, black pillar, like a cyclone or waterpout, appered on the opposite coast. It swept with incredible swiftness across the bay towards the hotel; it became smaller and smaller, and Kovrin stepped aside to make room for it... The monk, with uncovered grey head, with black eyebrows, barefooted, folding his arms upon his chest, swept past him, and stopped in the middle of the room.

一読して分かるように、突如遠くに現れる黒い柱のような形、その移動速度の凄まじい速さ、近づけば近づくほどかえって小さくなる超自然的性質など、二つの描写の細部にわたる共通性は、コヴリンを狂気に導く黒衣の僧と暴風との結合がけっして偶然のものでないことを示している。狂気を誘発する黒衣の僧の出現が急速に接近する暴風のモチーフと組み合わされることによって、その狂気がコヴリン自身の意志によっては制御できず、むしろ俄かに彼の存在に外側から襲いかかるものであることが示されているのである。実際、ターニャからの手紙を読んだ後、コヴリンは未知の力 unknown power の侵入を恐れるような目付きで、部屋のドアの方を見詰めたとされている。

このように、独歩「暴風」の構想のままに終った結末とチェーホフ「黒衣の僧」には、いずれも主人公の狂気の象徴として暴風が用いられるという共通点があった。では、独歩の小説「暴風」と相前後して執筆された花袋の「蒲団」における暴風のモチーフも、主人公竹中時雄の「狂気」と結びつけて解釈することができるのだろうか。

五　「蒲団」執筆期における「狂気」のモチーフ

「蒲団」結末での時雄の行為を「狂気」と関連づける解釈は、同時代においては作品に対する否定的な評価と結びついて現れた。[12]『明星』（一九〇七・一〇）誌上における「蒲団」評がそれである。合評「田山花袋氏の『蒲団』」における与謝野寛の「女の残して行つた蒲団をわざわざ敷いて、其上に寝転んで性欲に悶へるなどは狂人の沙汰だ」という発言もさることながら、花袋自身後に「吉井勇君がロオマ字か何かで罵倒に近い詩を公にしたのもその多い批評の一異色であつた」（「私のアンナ・マール」）と回想するIsamu. の署名による諷刺詩「Futon.」などは、その最も極端な例であろう。「Ima, Kyozin no Iti-gun wa／Taiko wo tataki, Dora wo uti,／Onore to wameki nonositte／"fure ta! fure ta!" to nerimawaru.」（第一連）、「Naka ni Hitori wa ito okasi,／kono atui no ni "Futon" ki te／Hanmon dura no Uwasuberi／"fure ta! fure ta!" to Nebokegao.」（第四連）といった箇所からも分かるように、その詩は現実に「触れる」という自然主義の標語を気が「狂れる」ことに掛けて揶揄しているが、「蒲団」への自然主義陣営の熱狂に対する気の利いた諷刺として軽く読み流されがちなこの着想には、自然主義と「狂人」との関係づけ、そして「狂人」の代表としての「蒲団」の主人公への言及という点で、意外に鋭いものが含まれている。こうした着想は、自然主義批判という本来の意図とは別に、「蒲団」執筆背景の理解への貴重な緒をもたらすものである。というのも、「蒲団」執筆と同時期に発表された成瀬無極「狂人論」（『帝国文学』一九〇七・七）もまた、「頃者我文壇は二葉亭主人の霊妙なる訳筆によりて新たに露西亜種の三狂人を得た」として、ゴーリキー「二狂人」（『新小説』一九〇七・三）とゴーゴリ「狂人日記」（『趣味』一九〇七・三〜五）に言及し、「詩の対象として考へると狂人には一種の妙味（ライツ）がある」（傍点原文、以下同）という主張[13]を掲げているからである。無極は、読者が「恐怖心」と同時に「狂人に対する自己の超趣」（「超趣」は「超越」の誤植か）を感じるという点から、「狂人は多く悲喜（トラルユーミッシ）（ママ）的の人物として考へられる」と結論しているが、発表時期から見て、「狂人」というモチーフを悲喜劇的 tragikomisch と評価するこの批評を、花袋が「蒲団」執筆前に読んでいた可能性は高い。花袋は「蒲団」発表直後の「文壇近時」（『文章世界』第二増刊「文話詩話」、一九〇七・一〇・一）においても、「ゴルキーやチエホフや其他自然派の尖つた作中の人物を真似て、日本に存在もせぬ人間を描くことはつまらぬこと」という留保を付しつつ、「偏奇怪癖なる人物、少くとも偏奇怪癖と見える人物を書くやうに赴いて行つた自然派の自然の傾向は研究するに充分の価値がある」としているが、この「偏奇怪癖なる人物」の中には、「狂人」も含まれると考えてよい。

なお、花袋の「狂人」への関心は、先に英文和訳課題を採り上げた『文章世界』八月号の懸賞小説欄からも窺われる。なぜなら、その号で二等に入賞した川浪夕水「あの男」は、発狂した友人の病前性格を、語り手の回想を通して描いたものだからである。選者花袋が「独歩式の短篇」（同号「懸賞小説の評」）と評したように、「さうですか、彼男（あの）はとう〳〵発狂したんですか、惜いことをしましたな、――いや、私も宮井君とは一年ばかり交際（つきあ）つたことがあるんですがね、其間に斯うい ふ事がありました。（と言つて月岡君が話した）」と書き出されるこの短篇は、「発狂」前の主人公を、「世にすねた性格」（花袋評）の人物として描き出す。――「某雑誌の文芸会」の帰途における初対面の際、宮井は語り手「私」に対し、「私は些（ちつと）も面白くありませんでした、詩人や文士なんて、まあ俗物ばかりですな、餓鬼ですな」、「僕には些も人間らしく見えないのです、今日逢つた奴、皆嫌いです」と、文学者への憎悪を唐突に語り出す。それに対し「併し、貴方だつて詩人ぢやありませんか」と「私」が問うと、宮井は文学を「最後の隠れ家」と称し、「私は社会から追はれて、恐怖（おつかな）くつて仕様がない時、その隠れ家に入ります、そして無茶苦茶に書きます」と言って、自身が文学に携わる理由を説明する。このような、社会からの被虐意識と他者への無差別の憎悪に特徴づけられた宮井の精神状況は、語り手によって「真（ほん）の一人ぼつち」と端的に形容されているが、彼がその「一人ぼつち」からの脱却を文学とともに女性に求めていたことが、「私は宮井君のすべてが往々女を中心とするやうな傾向のある事を観て居ました」という「私」の説明によって知られる。こうした傾向こそ、「私」が先輩の親戚からもたらされた縁談を世話しながら、先方の都合によってそれが破談に終わった時、宮井が俄かに帰郷し、「国許へ帰る、国の奴等を片ッ端から殺してやる、といふやうなこと」を書いた葉書を「私」に寄せることとなった原因、ひいてはその後の彼の「発狂」の原因でもあったのだ。

このように、他者との生きた交わりを失い、わずかに反感による関係だけを社会との間に保ちながら、その閉塞した世界からの救いの可能性を女性とのつながりに求める宮井の姿、そしてその唯一の望みが閉ざされることで、最終的に「発狂」するほかない彼の姿は、「黒衣の僧」のコヴリンと共通している。また、「旅中」のリハレフについても、結末での自身の救いへの望みの「空想」による充足を、一種の「狂気」と見做すならば、社会からの疎外と女性による救済への希求という精神状況は、宮井やコヴリンと同様のものである。一方、宮井やコヴリンやリハレフの結局は失敗に帰するこうした生き方とは対照的に、無名の死者を哀惜することで「くだらない実感からも、夢のやうな妄想からも脱却」しようとする主人公の姿を描こうと試みたのが、独歩の「都の友へ、B生より」であったといえる。すくなくとも、そこに描かれたB生の姿は、「蒲団」執筆時の花袋にとって、ほぼ同時期に読んだと推測される「黒衣の僧」や「旅中」や「あの男」の主人公が陥っていた閉塞状況からの一つの仮定的な脱出の道を、示唆するものと思われたに違いない。

だが、花袋が「蒲団」において実際に描いたのは、芳子との別離に際して「空想に耽つて立尽し」(十一、以下同)、その後芳子の部屋に入った時にも「恋しい人は何時もの様に学校に行つて居るのではないか」という現実にそぐわない無力な「空想」に縋るしかない時雄の姿だった。その時、「黒衣の僧」や「旅中」と同じように「戸外には風が吹暴れ」、時雄が否応なく「性欲と悲哀と絶望」に襲われて「狂人」のように振舞わなければならなかったのも当然のことであった。なぜなら、当時の花袋の読書体験によれば、そこから「脱却」しなければ最終的に「狂気」に陥るしかない「くだらない実感」と「夢のやうな妄想」とに、その時の時雄は完全に捉われていたからである。

注

（1）館林市教育委員会文化振興課編『『蒲団』をめぐる書簡集』（一九九三・三、館林市）所収。清濁、句読点等の処理も同書に従った。ただし「ママ」は私に付したもの。以下の書簡の引用についても同様。

（2）小林一郎『田山花袋研究――年譜・索引篇――』（一九八四・一〇、桜楓社）は、「二十日から三十日の十日間で「蒲団」を書き上げた」とするが、その根拠は示されていない。

（3）原文は横書き、読点のかわりにピリオドを使うという変則的な句読法となっているが、引用に際しては現在通用の句読法に改めた。

（4）竹添敦子「取り残された主人公――『蒲団』『寂しき人々』の比較から――」（『三重法経』一九九〇・三）および金森誠也「ゲルハルト・ハウプトマンの変貌と日本の作家たち」（『国際関係研究』一九九二・七）。書誌については山本昌一「ハウプトマンの「寂しき人々」をめぐって」（『ヨーロッパの翻訳本と日本自然主義文学』二〇一二・一、双文社出版）に詳しい。一方、「蒲団」についての最も視野の広い比較文学的研究は、バルバラ・吉田＝クラフト「田山花袋――肩越しにみた田山花袋」（『日本文学の光と影――荷風・花袋・谷崎・川端』吉田秀和編、濱川祥枝・吉田秀和訳、二〇〇六・一一、藤原書店）を参照。

（5）結末における暴風の描写については、早く長谷川吉弘「「蒲団」について――時雄の苦悩を中心に――」（『解釈』一九七〇・四）が注目し、「人間と自然の対比による、無常観の暗示」と解していたが、その後、高橋敏夫「『蒲団』――〝暴風〟に区切られた物語――」（『国文学研究』一九八五・一〇）が、「日常の秩序を一挙に解体してしまうであろう〝暴風〟の予感からはじまって、しかしその到来はおろか、予感すらもはるかに遠のいていったとき、じっさいの暴風がはげしく吹きあれる」物語という「蒲団」解釈を示した。

(6) 原卓也「解題」(『チェーホフ全集』6、一九六〇・八、中央公論社)

(7) 市川浩昭「田山花袋「ネギ一束」とチェーホフ「ねむい」――花袋のチェーホフ受容の一側面――」(『田山花袋記念文学館研究紀要』二〇〇五・三)の指摘による。なお、市川氏は「ネギ一束」(『中央公論』一九〇七・六)におけるチェーホフ受容の可能性を論じながらも、ほぼ同時期の「蒲団」に関しては従来通りハウプトマンの影響によるものとし、チェーホフとの関連については触れるところがなかった。

(8) 『定本国木田独歩全集』第五巻(一九六六・六、学習研究社)所収。

(9) 花袋の「都の友へ、B生より」引用は必ずしも正確ではないが全てそのままとした。

(10) この間の事情については、芦谷信和「チェーホフの影響」(『独歩文学の基調』一九八九・六、桜楓社)に詳しい。

(11) 当時、同作の翻訳としては薄田斬雲訳「黒衣僧」(『太陽』一九〇四・一〇・一、一一・一)があったが、ここでは独歩の言及する英訳短編集『黒衣の僧』から引用する。

(12) 「蒲団」に対する批判的・諷刺的解釈、とりわけ性的な側面からのそれについては、光石亜由美『田山花袋「蒲団」と性欲描写論争――〈性〉を語る/〈真実〉を語る」(『自然主義文学とセクシュアリティ――田山花袋と〈性欲〉に感傷する時代』二〇一七・三、世織書房)に詳しい。

(13) 無極のドイツ文学の素養からして、ここで「詩」とはDichtungの訳、一般に「文学」というほどの意であろう。

第六章　「一兵卒」とガルシン「四日間」――「死」「戦争」「自然」をめぐって――

一　日露戦争従軍から「一兵卒」へ

一九〇四年（明治三七）三月から九月まで、第二軍私設写真班の一員として日露戦争に従軍した花袋は、既にその従軍中に『日露戦争実記』に発表した数多くの観戦記をはじめとして、単行本『第二軍従征日記』（一九〇五・一、博文館）を纏め終えた後にも、一九〇六年（明治三九）初め頃まで『日露戦争写真画報』や『戦時画報』等の雑誌を舞台に、戦地での様々な体験を矢継早に筆に上せていった。それ以降、一九〇七年（明治四〇）にかけ、戦中戦後のジャーナリズムの過熱が収束に向かうにつれて、従軍体験に取材した花袋の作品数も漸く減るが、翌年には、再びこの系列に属する諸作品が短篇小説のかたちで散見するようになる。[1]そして、それら一連の作品のひとつの到達点と見做されるのが、「一兵卒」にほかならない。「一兵卒」は、はじめ『早稲田文学』（一九〇八・一）に発表され、後に易風社発行の『花袋集』（初版一九〇八・三）に収められた。その再版（一九〇八・四）以降において、「キス以前」（『中学世界』一九〇六・七）と順序を入れ替えられて「一兵卒」が掉尾を飾ることとなっているのも、作者のこの作品に対する自負のあらわれと考えられる。

後年、花袋は「『生』を書いた時分」（『東京の三十年』一九三一・六、博文館）において「『蒲団』で多少のセンセイションを文壇に捲き起した私は、その年の正月に、『一兵卒』と『土手の家』を書いた。これが又二つとも評判が好かつた」と述べているが、実際、「一兵卒」の同時代評には好意的なものが多かった。その概要は先行研究[2]にほぼ尽くされているけれども、それらの評の中で数多く指摘されている西洋の文学作品との類似に関する本文に即した研究は、いまだ十分とはいえないように思う。そこで、本章では、同時代評で言及された多くの西洋小説のうち、特に「一兵卒」に影響を与えた可能性が高いものの特定を図り、中でもガルシン作・二葉亭四迷訳「四日間」に焦点を絞って受容の実態を検討したい。同時に、本文比較によって両作品の類似点と相違点を明らかにし、「一兵卒」という作品の持つ特質を解明したい。これまで、「一兵卒」については、従軍経験に取材した花袋の他の作品や同時期の「死」をテーマとする短篇小説群との比較(3)が試みられ、作者の戦争観の分析(4)が行われるとともに、その描写のあり方についても、表出史における位置づけ(5)や「意識の流れ」との類比(6)といったアプローチによって、様々な検討が加えられてきた。本章では、それらの研究によって指摘された「一兵卒」の諸特質を、「四日間」本文との比較によって、より分明に示してみたい。

二　同時代評において指摘された「一兵卒」と西洋小説の類似

まず、同時代において、個別の作品名を挙げずに「一兵卒」と西洋文学との類似を指摘したものとしては、「些つと西洋の作品を読むやうな感がする」との印象を述べた生田葵山の発言（合評「一月の小説壇」『新潮』一九〇八・二）や、「近時の傑作」と認めながらも「よく読むと西洋のものに暗示（ヒント）を得て書いたやうな処が見える」として、「手離しに泣きながら往来を歩るく」場面に「西洋人らしい感じ」を観取する「新年の小説」（『趣味』一九〇八・二）、そして「全体の態度は極めて真面目」と総括しつつも「強いていへば、外国物の新らしきものを読んで、己れも一つこんな行方をしやうといふやふな（ママ）、少し新らしかぶれして居る所はないでもなからう」との制限を加える滝田樗陰「注目すべき近刊小説六種」（『中央公論』一九〇八・二）が挙げられる。

では、具体的にどのような作品が、「一兵卒」との類似を指摘されていたのか、作品ごとに花袋における受容の可能性を検討したい。

第一に、アンドレーエフ作・二葉亭四迷訳「血笑記」(『趣味』一九〇八・一)との関係について、いちはやく「巻末録其二」(『新声』一九〇八・二)に「僕はこれ［＝「一兵卒」］を読んでゐて、趣味の血笑記を思ひ出して、また見た。深酷の度に於て、血笑記におとつてゐるが、珍しい作物だ」との指摘がある。だが、いうまでもなく、ほぼ同時に発表されたこの翻訳からの影響を「一兵卒」に推測することは出来ない。ただし、後に榕樹生「四十一年小説界の概観」(『新声』一九〇九・二)は、「一兵卒」への影響が考えられる作品として同作の英訳表題「Red laugh」を挙げており、花袋も英訳版に眼を通していた可能性が残る。時期的に見て、この英訳は、Andreief, Leonidas, *The red laugh*, trans. by Alexandra Linden. London: T. Fisher Unwin, 1905. であろう。しかし、花袋旧蔵書目[(7)]にこの本は見当たらず、英訳本繙読の可能性も単なる推量の域を出ない。

第二に、ハウプトマン作・小山内薫訳「使徒」(『太陽』一九〇八・一)との類似を指摘するものに、長谷川天渓「近時小説の傾向」(『太陽』一九〇八・二)がある。天渓は、「自然主義文学の一異彩」たる「内面描写」の代表として「一兵卒」を推しつつ、両作の描写手法の比較を行っている。だが、これも発表年月に照らして「一兵卒」への影響は認めがたい。小林一郎前掲書は、訳者の小山内が竜土会に参加していたことから、その席上で花袋が「使徒」翻訳についての話を雑誌発表前に聞いていたのではないかと推測しているが、口頭での伝聞がそれほど強い影響を「一兵卒」創作にもたらしたとは考えにくい。また、小林の説に対し、渡邉正彦は前掲「田山花袋「一兵卒」論Ⅱ」において、「「一兵卒」と「使徒」がおなじ月の発表だということは、かえって小山内から聞いて影響を受けたものではないことを意味しているし、花袋は既に読んでいたのかも知れない」と花袋がドイツ語原書または英訳を読んでいた可能性を指摘している。けれども、やはり花袋旧蔵書中に「使徒」を含むタイトルは見当たらず、渡邉の説に対しても確実な証拠は与えられていない。なお、当時、「使徒」の梗概の紹介は森鷗外『ゲルハルト・ハウプトマン』(一九〇六・一〇、春陽堂)の中で既に行われていたが、両作の類似点は主として天渓のいう「内面描写」の手法と、歩行や幻聴といった個々のモチーフにあり、この大まかな梗概が「一兵卒」創作に直接的な影響をもたらしたとは考えにくい。

第三に、メリメ「砲塁の占領」との類似は、「花袋集を読む」(『文庫』一九〇八・五)が、「所謂心的描写と云ふ方面」から指摘したところである。だが、江口清と富田仁の調査によれば、[8]「一兵卒」発表時点までに当作品の日本語への翻訳は行われていない。メリメの日本への紹介は、鷗外「現代諸家の小説論を読む」(『しがらみ草紙』一八八九・一二)に、小説の叙法を「単稗」と「複稗」に分けたうちの前者の例として言及されているのが最も初期のものとされるが、そこにも「砲塁の占領」への言及は見られない。ただし、これについても、花袋が何らかの英訳か独訳をとおして読んでいた可能性まで否定することはできないので、『メリメ全集』1(一九七七・五、河出書房新社)に収められた翻訳(杉捷夫訳「堡塁奪取」)によってその内容を確認すると、ナポレオンのロシア遠征における困難な堡塁攻撃を一人の中尉の眼から物語った作品であることが分かる。たしかに、作中の一人物に焦点化して戦場を描く点は「一兵卒」に通じるが、その視点人物が将校であることは、あくまで兵卒の視点に密着した「一兵卒」の語りと相反する性質のものであり、激しい戦闘場面が物語の中心となっていることも、前線における交戦場面があまり描かれない「一兵卒」の叙述とは異質なものである。以上のことから、「砲塁の占領」の「一兵卒」への影響を積極的に窺わせる資料は、現時点では存在しないといってよい。

第四に、ハックレンデル作・森鷗外訳「二夜」(『読売新聞』一八九〇・一・一〜二・二六、後に『美奈和集』一八九二・七、春陽堂)について、前引の合評「一月の小説壇」の中で、小栗風葉は「叙景は先年森鷗外氏の訳された「二夜」の下巻に能く似て居るが、然し、それより簡潔で、戦場の混乱動揺せる有様が能く現はれている」と、情景描写の類似を指摘している。（風葉のいう「下巻」とは、「後の夜」の章を指すものと思われる。）鷗外訳「二夜」は、年代的に見ても「一兵卒」への影響の可能性があるし、たしかに「後の夜」における戦場の描写には、風葉のいうとおり「一兵卒」との類似が認められる。その例として、両作における兵営の食事時の描写を挙げておこう。

新台子の兵站部は今雑踏を極めて居た。後備旅団の一箇連隊が着いたので、レールの上、家屋の陰、糧餉の傍などに軍帽と銃剣とが充々ちて居た。［……］兵站部の三箇の大釜には火が盛に燃えて、烟が薄暮の空に濃く靡いて居た。一箇の釜は飯が既に焚けたので炊事軍曹が大きな声を挙けて、部下を叱咤して、集る兵士に頻りに飯の分配を遣つて居る。けれど此の三箇の釜は到底この多数の兵士に夕飯を分配することが出来ぬので、其大部分は白米を飯盒を貰つて、各自に飯を作るべく野に散つた。やがて野の処々に高粱の火が幾つとなく燃された。（「一兵卒」）

街路には砲兵の緻密なる縦列往来し、その外の車さへあれば僅に並足にて進むことを得たり。その場に近づくに従ひて、兵卒の雑沓は甚しうなりぬ。左右の野には、歩騎の兵ありて屯したり。そこには薪を運び来と見れば、かしこよりは今焚き付けんとする篝火のいと濃き烟たち上れり。村の路は雑沓その頂点に達し、そが中に酒樽を載せたる車の幾列かを牛に引かせたるあり。又た大なる木の桶に食を盛りて士卒に頒てるも見ゆ。（「二夜」）

いずれも、はじめに巨視的に兵営の「雑沓」について述べ、つづいてより微視的に炊事や夕食の分配の様子を描写している。立ちこめる煙の描写も、両作に共通する。花袋は『美奈和集』について「明治名作解題」（『文章世界』臨時増刊「文と詩」一九〇七・四・一）の中で、「大陸文壇の清新なる趣味は実に此処から伝へられたと言つても好いので、この一巻は明治文壇をして今日あらしめた忘るべからざる紀念物である」とその文学史的価値を高く評価したのに続けて、「『二夜』にハックレンデルの才を知」った、と述べているから、「一兵卒」に「二夜」受容のあとが窺われるのも無理はないであろう。しかしながら、オーストリアの「伯爵士官」である主人公が、一夜の宿りに接吻を交わしたイタリアの少女の家を数年後の戦争に際し再訪すると、彼女は結婚後の夫の酷薄な仕打ちに耐えかねて既に亡くなっていたという、ロマンチックな「二夜」の筋書は、全体として見れば「一兵卒」とは著しく懸け離れたものといわざるをえない。したがって、「二夜」から「一兵卒」への影響は、戦場の叙景に限定されると考えるべきであろう。

　最後に、『新小説』（一九〇四・七）に「苅心」の署名で発表され、後にガールシン作・二葉亭四迷訳として『カルコ集』（一九〇七・一二、春陽堂）に収録された「四日間」については、前掲の「花袋集を読む」および榕樹生「四十一年小説界の概観」において「一兵卒」との類似が指摘されている。掲載出版年月からして、「一兵卒」への影響が考えられるのは雑誌初出形の方である。これに関しては、後に詳述するように、「一兵卒」の特色といわれる「内面描写」「心的描写」の方法や、将校とは対照的な位置にある一人の兵卒が生死の境をさ迷うさまが描かれていることなど、形式、内実ともに共通する点が少なくない。以下では、「一兵卒」への影響が最も強く推定される西洋文学の翻訳は「四日間」初出形であるとの仮説のもと、花袋が実際に「四日間」を読んだ可能性を検討し、両者の本文を比較することとしたい。

三　花袋における「四日間」受容の可能性

「四日間」が『新小説』に発表された一九〇四年七月、花袋はちょうど日露戦争に従軍中であった。その当時の戦地における雑誌・新聞の輸送状況については、『第二軍従征日記』の「七月二日」の項が参考になる。兵営に「新聞縦覧所」が設置されたことを伝えるその箇所は、「新聞！　自分等の新聞に渇するのは、実に飯よりも甚だしい」と、活字メディアに対する兵士達の飢えを端的に述べた上で、「新聞は二六、中央、日本、都、東京日々、雑誌は六月八日発行の写真画報と五月下旬発行の戦時画報との二部。新聞の日附は皆十日十一日で、中に十七日、十四日の東京日々があるばかり」と伝えている。新聞は二、三週間遅れ、雑誌はほぼ一月遅れで、しかも『写真画報』と『戦時画報』という戦争に関連の深いものしか輸送されていなかった状況が分かる。こうした状況下で、花袋が新刊の『新小説』を手に取ることは非常に困難であったろう。

では、帰国後、バックナンバーなどで読んだ可能性はどうだろうか。この点については、帰京からほぼ二週間後の十月二日、牛込矢来倶楽部で開かれた坪内鋭雄追悼会の席上で、花袋が「四日間」に関する話題を耳にした可能性を第一に指摘できる。当時、この会に出席していた前田晁は、回想「不機嫌な顔和々の顔」（『新潮』一九一七・八）の中で、「それは坪内先生の養嗣子であつた鋭雄さんが今の士行君の兄さんが、大石橋で戦死した時の実況を、同じ軍に従つてゐて見て来た田山さんが、矢来倶楽部で開かれた鋭雄さんの追悼会の席上で語られたのであつた」（傍点原文、以下特に断らないかぎり同じ）と、会の概要をまとめたのに続いて、次のように書いている。「丁度荊心の『四日間』が『新小説』に載つた時分のことで、それを翻訳とは誰も知らなかつたから、作者は誰だらうと文学好きの青年達は寄るとさはると物色してゐた。この席上でもまたそれが問題になつて、わたしの友達の一人は五十嵐力氏に向つてかう訊いたりした。『先生だといふ説がありますが、さうですか？』と。」

また、前田の「二葉亭主人の『二葉亭全集』第三巻」（『文章世界』一九一二・一二）にも同様の記述があり、さらにそこでは「私は其の時分、齋藤緑雨の『雨蛙』を繰返して読んでゐたので、その精細な描写は、作中の人名がロシア人であると共に、どうでもロシアから来たものでなければならぬ。ロシアから脈を引いてるとすれば、作者は二葉亭主人でなければならぬ。かう信じて其の席上で講師と友とに自分だけの想像を話した」と述べられている。これは、『あま蛙』（一八九七・五、博文館）所収の「小説八宗」のうち「二葉宗」の件りに、「台がオロシヤゆゑ緻密〳〵と滅法緻密がるを好しとす」、「をり〳〵翻訳するもよし但し緻密を忘れさへせねば成るべく首も尾もないものを択ぶべし」とあるのを下敷きにした発言である。なお、「作中の人名がロシア人」というのは、雑誌初出形で人名が「岩野」「紫藤」「矢河辺烈夫」「岩内兵太郎」と一見日本人風になっていても、その音の響きから、「イワーノフ」「シードロフ」「ヤーコフレフ」「ピョートル、イワーヌイチ」（『カルコ集』所収形）といったロシア人の名が容易に連想された、ということであろう。前田は「四日間」について「作意が戦争の挿話に依つて負傷者の苦痛を描いたものであつたのと、匿名であつたこと、が、奇異なる好奇心を人々の胸に煽つて、作者は一体誰であらうか？といふ穿鑿から当推量がまち〳〵であつた」とも述べているが、そうした事実は、いくつかの同時代評からも窺い知ることが出来る。中には、「莿心の『四日間』、某大家とは蓋し蝸牛庵？」（「甘言苦語」『新潮』一九〇四・八）と述べて幸田露伴の作と誤認する評もあるが、正しく二葉亭の筆に成るものと推測した評も見受けられる。例えば、「七月の小説界」（『帝国文学』一九〇四・八）は、「抑も莿心とは何者なるぞや。道路伝ふる所の巷説に従へば、是れ露文学の翻訳紹介を以て、文壇にさる者ありと知られたる、二葉亭四迷なりと云ふ」といちはやく指摘し、それより後、孤村主人「二月の文壇」（『中央公論』一九〇五・三）は、「新小説に莿心との号で出すのは之も四迷氏莿心とはカルジンと読むので、魯西亜のカルジンと云ふ人の作品を訳す時に恁ふ書くと云ふ事だ」と、ロシア小説の翻訳である点までほぼ正確に言い当てているのである。花袋は「私は二葉亭氏の名のついた作品は、いかなるものも読まぬものはなかつた」（「二葉亭四迷君」『二葉亭四迷』一九〇九・八、易風社）というほど二葉亭に私淑していたから、もし坪内鋭雄追悼会における前田晁の発言や諸種の同時代評を通して「四日間」が自身の従軍経験と重なる「戦争の挿話に依つて負傷者の苦痛を描いた」話題作であることを知り、さらにその訳者が実は二葉亭であることも知ったならば、それを読んでみる可能性も非常に高いと考えられよう。

なお、「一兵卒」発表から一年後の『文章世界』（一九〇九・一）には、ガルシン作「赤い花」が掲載されているが、この翻訳掲載にも、編集者花袋の関与が推測される。なぜなら、花袋は後年、『文章世界』が『新文学』と名を改めるにあたって、「『文章世界』には尠くともドイツの『ノイエ・ルンドシヤウ』と言つたやうな権威を持つた時代があつた。また Sturm und Drang の中心となつた時代もあつた」（「『文章世界』の巻尾に」『文章世界』一九二〇・一二）と回想しているが、そうした雑誌の「権威」や革新的文学運動への寄与を象徴する翻訳物として、ホルツ、シュラーフ[10]およびフローベール[11]とともに、「ロシアの鬼才ガルシンの『赤い花』」に言及し、ガルシンへの評価の高さを窺わせているからである。加えて、花袋のガルシンへの関心を裏付けるものとして、花袋旧蔵書目に Garshin,W.M. *The Signal and other stories,* trans. by Rowland Smith. London: Duckworth & CO,1912. の記載がある。この本には、ガルシンの短篇十七種を収めたうち、巻頭の表題作 The Signal の次に、Four days すなわち「四日間」が録されている。もちろん、刊行年からして、この英訳本から「一兵卒」への影響関係は考えられないけれども、すくなくともこの本の購入時期までに、花袋がガルシンに関心を寄せていた間接的な証拠にはなり得るであろう。

四　「臭気」の導入

以下では、「一兵卒」本文の読みをとおして「四日間」との類似点を示すことで、受容の蓋然性を高めるとともに、両作の比較によって「一兵卒」という作品の持つ特質の明確化にも努めたい。はじめに検討するのは、両作における「臭気」のモチーフである。

「一兵卒」の冒頭近く、兵站病院を出て満州の野を連隊に追い付くべく歩いている主人公による病院の情景の回想は、「かれは病院の背後(うしろ)の便所を思出してゾッとした。急造(きふごしらへ)の穴の掘り(ママ)やうが浅いので、臭気が鼻と眼とを烈しく撲つ。蝿がワンと飛ぶ。石灰の灰色に汚れたのが胸をむかむかさせる」と語られ、つづけてその心情が「あれよりは……彼処(あそこ)に居るよりは、此の潤々(ひろ〱)とした野の方が好い。どれほど好いかしれぬ。満州の野は荒漠として何も無い。畑にはもう熟し懸けた高粱(かうりやん)が連つて居るばかりだ。けれど新鮮なる空気がある、日の光がある、雲がある、山がある」と綴られている。この箇所で彼が病院を出た最大の理由は、堪えがたい「臭気」だとされており、それは「野」の「新鮮なる空気」と対比されて、病院の「衰頽と不潔と叫喚」の象徴となっているわけである。

　ところで、このような、生命を危うくする過酷な状況においてさえ人がこだわらざるを得ない「臭気」への嫌悪感というモチーフは、ガルシン「四日間」にも印象的に書き込まれている。「四日間」において、両脚を負傷して動くことのできない主人公「俺」の傍らには、自ら手に掛けた敵兵の死屍が横たわっている。「俺」はこの遺体の発する腐臭に、救助されるまでの四日間、絶えず悩まされつづけなければならない。その腐臭はライトモチーフのように本文中にくりかえし現れるが、ここでは、腐敗の進行した死体から何とか離れようと、「俺」が絶望的に最後の力をふりしぼる場面を引用したい。

> で、弥(いよ〱)移居(ひきこし)を始めてこれに一朝全潰れ(まるつぶれ)。傷も痛むだが、何のそれしきの事に屈(めげ)るものか。もう健康な時の心持は忘れたやうで、全く憶出せず、何となく痛みに慣(なじ)んだ形だ。一間ばかりの所を一朝かゝつて居去つて、旧(もと)の処に辛うじて辿着きは着いたが、さて新鮮の空気を呼吸し得たは束の間、尤も形の徐々(そろ〱)壊出(くづれだ)した死骸を六歩も離れぬところで新鮮の空気の沙汰も可笑しいかも知れぬが――束の間で、風が変つて今度は正面に此方(こちら)へ吹付ける、その臭さに胸がむかつく。空の胃袋は痙攣を起したやうに引締つて、臓腑が顛倒(ひツくりかへ)るやうな苦しみ。臭い腐敗した空気が意地悪くむんむッと煽付ける。

精も根も尽果てゝ、おれは到頭泣出した。

「臭い腐敗した空気」を厭い、「新鮮の空気」を必死に求めるこの兵卒の描写は、花袋が戦地での体験を小説化する際、兵站病院の「臭気」を作品に導入する、一つのきっかけとなったはずである。

なお、右の「一兵卒」引用部の素材となった花袋の体験は、『第二軍従征日記』八月二十日の項に、海城兵站病院についての報告として記されているものである。花袋はその箇所で、「自分は幸にして将校病室に収容されたので、浅黄の蚊帳に蠅の煩いのを防ぐことも出来たし、和かい藁蒲団に体の痩せて痛い思いも為ずに済んだが、下士兵卒の病室と言つたら、それは酷いもので、八畳の狭い間に、この蒸暑い日を、五六人も折重つて寝て居るばかりではなく、多い蠅は無遠慮に遣つて来て、その煩さゝは譬へ難い」と述べ、兵站病院での将校と兵卒の待遇の格差を報告していた。また、「ブリキの屋根の、周囲をアンペラで囲んだ急製の厠があつて、石灰の白いのが地も見えぬばかりに撒布されてある」との細部の描写も、「一兵卒」と一致している。しかし、注意すべきは、「一兵卒」に書き込まれた兵站病院の強烈な臭気の描写が、『従征日記』には見られないということである。臭気に関するまとまった記述は、むしろ「清国人」の「不潔」を語る次のような文脈に、集中的に現れていたのである。「豚の脚の切開されたのや、にんにくのうでたのや、豚の油の煮立つたのやが殆ど鼻持のならぬ程わる臭い臭気を放」ち、「臭い口を為た清国人」が「頻りに豚の骨をせゝつて居る」青泥窪（ダルニー）の巷路、「内地の人」には「いかに不潔であるかを想像することが出来まい」と評され「家の周囲には汚い豚小屋、其前にはあらゆる汚れたるものを投げ棄てたる肥料溜などがあつて、馬、牛の糞の雨の為めに家の中庭に溢れるなど、其の臭気と湿気とは実に堪へ得られるものでは無い」とされる北大崗寨の農村、そして「裏町に入ると、随分不潔な処が多く、肥料溜の悪臭い臭は大通りを通つて居ても、をり〳〵堪難く鼻を劈く」蓋平市街などが、その例である。原田敬一[12]によれば、日清戦争以降、学校制度と徴兵制度のもとで衛生観念を内面化させられた兵士達が、大陸で最初に感じた印象は「不潔」と「臭気」であり、さらにそのことが「遅れた文明」を啓蒙するための「文明の義戦」というイデオロギーの浸透を助長したというが、『従征日記』に見られる以上の描写も、やはりそうした文脈に沿ったものといわざるを得ないであろう。

一方、「一兵卒」において、「臭気」は新たな位相の下に描かれている。それはまさに、主人公の兵卒に衛生観念を植え付けたはずの当の軍の病院に、たえがたく瀰漫する臭気なのである。先走っていえば、この「臭気」への嫌悪こそ、結末における一兵卒の死の遠因をなすものであった。衛生観念の内面化と、実際の衛生状態の不備という矛盾が、一兵卒に死をもたらす契機となったのである。「臭気」芬々たる「便所」の「穴」――それは「衰頽と不潔と叫喚と重苦しい空気」に満ちた兵站病院そのものの象徴であるかのようだ。この「臭気」に満ちた病院に対し、「満州の野」は「濶々とした野」として、「新鮮なる空気がある、日の光がある、雲がある、山がある」広い空間として描かれている。一兵卒は病の全治しないまま、ただひたすら「臭気」に満ちた病院からの脱出を願って、「新鮮なる空気」のある「濶々とした野」の中へ歩き出す。一兵卒にとっては「臭気」の充満した病院からの脱出こそ第一義的なのであり、明確な目的地は意識されていない。彼にとっては、どんなに「荒漠として何も無い」空間であれ、そしてたとえその空間を脚を引きずり、息を切らしながら、「死」に至るまで歩きつづけなければならないにせよ、そこが「臭気」から自由な、広々とした空間でさえあれば構わないのである。

こうして、「一兵卒」においては、『従征日記』では有効に生かされなかった兵站病院の「臭気」という素材が導入され、兵士に衛生観念を内面化する一方で傷病兵に十分な衛生環境を整えることの出来なかった日露戦時の日本軍の実情が、兵士の身体のレベルで描き出されることとなっているが、その背景には、ガルシン「四日間」の読書体験があると考えられるのである。

五　死への道程

本節では、「一兵卒」において、主人公の死への道程の各段階を示す重要な三つの箇所が、いずれも「四日間」と高い類似性を有していることを指摘したい。

まず、「一兵卒」における、主人公による大石橋の戦闘の回想場面を、特に類似性の高い箇所に傍点を付して、「四日間」とともに引用してみる。

そして終夜働いて、翌日はあの戦争。敵の砲弾、味方の砲弾がぐん〳〵と厭な音を立てゝ頭の上を鳴つて通つた。九十度近い暑い日が脳天からからぢり〳〵と照り付けた。四時過に、敵味方の歩兵は共に接近した。小銃の音が豆を煎るやうに聞える。時々シユツシユツと耳の傍を掠めて行く。列の中であツと言つたものがある。はツと思つて見ると、血がだら〳〵と暑い夕日に彩られて、其兵士はガツクリ前に踣つた。胸に弾丸が中つたのだ。(「一兵卒」)

忘れもせぬ、其時味方は森の中を走るのであつた。シユツ〳〵といふ弾丸の中を、落来る小枝をかなぐり〳〵、山査子の株を縫ふやうに進むのであつたが、弾丸は段々烈しくなつて、森の前方に何やら赤いものが隠現見える。第一中隊の紫藤といふ未だ生若い兵が此方の線戦へ紛込でゐるから、(如何してだらう?)と忙しい中で閃と疑つて見たものさね。スルト其奴が矢庭にペタリ尻餅を搗いて、狼狽た眼を円くして、ウツとおれの面を看た其口から血が滴々……いや眼に見えるやうだ。(「四日間」)

傍点を付した、耳元を掠める弾丸の音の擬音語による描写や、被弾した兵士の口許から流れ滴る血の擬態語による表現などは、特に両作の類縁性を感じさせる部分である。また、基本的には、「一兵卒」は三人称の、「四日間」は一人称の小説だが、この箇所ではそうした相違はほとんど感じられず、いずれも主人公である兵士に焦点化した語りとなっている。(なお、そのことは、この箇所以外にもあてはまる両作の共通点である。)「一兵卒」において死が描かれるのはこれが最初であり、主人公はこの回想によって「あの男は最早此世の中に居ないのだ。居ないとは何うしても思へん、思へんが居ないのだ」と、初めて明瞭に「死」を意識する。そうした重要な箇所で、フラッシュバックの枠組とオノマトペの使用によって、聴覚的・視覚的印象の鮮明さを確保する手法は、「四日間」から学ばれたものと考えられる。

次に、病み疲れた、あるいは負傷した主人公が、軍隊から見捨てられた感覚を味わう箇所にも、両作の間に共通性が認められる。「一兵卒」においては、「褐色の道路を、糧餉を満載した車がぞろ〳〵行く」と主人公に遠望される車列が描かれた後で、彼が助けを求めて声を張り上げる様子が次のように写し出されている。

『オーい。オーい』

声が立たない。

『オーい。オーい』

全身の力を絞つて呼んだ。聞えたに相違ないが振向いても見ない。何うせ碌なことではないと知つて居るのだらう。

「四日間」においても、「不意に橋の上に味方の騎兵が顕れた。」以下、主人公の視界に俄かに味方の軍隊が現れた様子が述べられたのに続いて、主人公の届かない叫びが以下のように記されていた。

『お、い、待つて呉れエ〳〵！お願ひだ。助けてえ！』
競立(きほひた)つた馬の蹄の音、サーベルの響、がや〳〵といふ話声に嗄声(したがれごゑ)は消圧(けお)されて――やれ〳〵聞えぬと見える。

どちらの例でも、最初に主人公の眼に発見された友軍を、つづいて主人公の絶望的な叫びを、最後にその声が何の反応も呼び起こさない事態を描くことによって、軍隊の非情と一兵卒の無力感、失望感が表現されることとなる。先の戦死の回想場面で戦闘における死の強烈な印象が描かれていたのに対し、ここでは傷病兵と軍隊組織との関係が暗示されているといえるだろう。この挿話によって、一兵卒は軍隊における自己の無価値を痛感し、その孤独感を徐々に深めて行くのである。

最後に、一兵卒が兵站部の洋館の一室で、断末魔の苦しみに襲われる箇所と、「四日間」における類似の箇所を並べて示してみる。

『苦しい、苦しい、苦しい！』
寂として居る。蟋蟀は同じやさしいさびしい調子で鳴いて居る。満州の広漠たる野には、遅い月が昇つたと見えて、四辺(あたり)が明るくなつて、硝子窓の外は既に其の光を受けて居た。（「一兵卒」）

『助けてくれ〳〵！』
ト破(や)れた人離(ひとばなれ)のした嗄声が咽喉(のど)を衝いて迸出たが、応ずる者なし。大きな声が夜の空を劈いて四方へ響渡つたのみで、四下(あたり)はまた閴(ひつそ)となつて了つた。たゞ相変らず蟋蟀(きりぎりす)が鳴しきつて真円(まんまる)な月が悲しげに人を照らすのみ。

病み傷ついた兵士の苦痛の叫び、その声がむなしく消えてゆく空漠たる静寂の空間、何事もなかったかのように続いている虫の音、そして全てを一様に無関心に照らし出す月の光など、これら二つの場面には、モチーフの点で、細部に至るまで高い共通性がある。「一兵卒」において、引用箇所の直前で用いられている死をもたらす「自然力」対人間の「生存の力」という図式を当てはめるなら、ここでは強大な「自然力」に抵抗を試みる主人公の身体の「生存の力」が、悲痛な、痙攣的な叫び声として表出されているのに対し、「蟋蟀」「野」「月」といった「自然」の諸事物は、「寂として」それ自身の在り方を続けている。そのことによって、個人の「生存の力」に対する「自然力」の強大な威力、その圧倒的な優位が明らかとなる。この箇所では、「四日間」からのモチーフ群の引用[13]によって、一兵卒の「生存の力」とそれを脅かす「自然力」との力関係が効果的に語られているのである。

ここまでに挙げた三つの例により、「死」という重要なテーマをめぐって、描かれた個々の情景のみならず、表現手法やモチーフの選択、視点のあり方に関しても両作に通底する部分が多いことを確認できた。この作業によって、「四日間」の「一兵卒」に対する影響関係の蓋然性は、さらに高まったといえるだろう。

六　結末と語りの構造

一方、両作の最大の相違点は、その結末と、作品全体の語りの構造にある。

黎明に兵站部の軍医が来た。けれど其一時間前に、渠は既に死んで居た。一番の汽車が開路開路の懸声と共に、鞍山站に向つて発車した頃は、その残月が薄く白けて、淋しく空に懸つて居た。

暫くして砲声が盛に聞え出した。九月一日の遼陽攻撃は始つた。（「一兵卒」）

眼が覚めてみると、此処は師団の仮病舎。枕頭には軍医や看護婦が居て、其外東京で有名な某国手がおれの傷を負つた足の上に屈懸つてゐるソノ馴染の顔も見える。国手は手を血塗にして脚の処で暫く何かやツてゐたが、頓て此方を向いて、

『君は命拾をしたぞ！もう大丈夫。脚を一本お貰ひ申したがね、何の、君、此様な脚の一本位、何でもないさねえ。君もう口が利けるかい？』

もう利ける。そこで一伍一什の話をした。（「四日間」）


作品末尾で、これまでの叙述からやや時間をおいて（「黎明に」、「眼が覚めてみると」）、主人公の兵卒のもとに医師（「軍医」、「国手」）が訪れるという展開は両者に共通する。しかし、いうまでもなく、両者の最大の違いは、「四日間」の兵卒は「命拾」するのに対し、「一兵卒」は「既に死んで居た」ことである。「けれど」という逆接によって導入されるこの「死」は、「四日間」と重ねてみるとき、「四日間」の兵士は助かった「けれど」一兵卒は死を免れなかった、というかたちで、その印象がさらに強められる。

さらに、この結末における「死」は、作品全体の構成、あるいは語りの構造にも作用している。語り手である主人公が最後まで生き延びる「四日間」は、「そこで一伍一什の話をした」という最後の一文が、語られるその「話」、すなわち小説の冒頭に接続する循環構造をもつのに対し、「一兵卒」では、冒頭から主人公に焦点化した語りの手法が取られながらも、その語りは結末の「死」へと方向づけられ、「死」をもって意識の流れは断ち切られて、結末において「自然」の運行と「戦争」の進行が個人の意識を超えた「力」のあらわれとして導入されている。また、

「四日間」の兵士は語り手として「戦争」に関する歴史の伝承に参与するが、「一兵卒」の主人公は「死」によってその可能性を奪われ、最終的に、その死に無関心に進行する「戦争」および「自然」との断絶において語られるものとなっている。

こうして、「一兵卒」は、ガルシン「四日間」における個々のモチーフや兵士の意識に密着した語りの手法を積極的に学びとることによって、軍隊組織と一兵卒の関係やその「死」への道程を描き出しながらも、末尾において一兵卒の「死」を語らなければならなくなった時、その「死」に無関心に進行する「戦争」および「自然」との断絶のうちに、一兵卒を位置づけることを選択したのである。

注

（1）具体的な発表作品の一覧については、和田謹吾「花袋と日露戦争」（『自然主義文学』一九六六・一、至文堂）を参照。

（2）小林修「『一兵卒』試論」（『南日本短期大学紀要』一九七一・一二）および小林一郎『田山花袋研究――博文館時代（二）――』（一九七八・三、桜楓社）。なお、登場人物のモデル関係や、花袋が「一兵卒」の素材を取り上げるに至る経緯についても、両論文は実証的な調査結果を示している。

（3）平岡敏夫『日露戦後文学の研究』下（一九八五・七、有精堂）および岸規子「『田舎教師』への道――花袋の短編小説群――」（『田山花袋作品研究』二〇〇三・一〇、双文社出版）

（4）渡邉正彦「田山花袋「一兵卒」論Ⅰ――花袋の戦争観を中心に――」（小林一郎編『日本文学の心情と理念』一九八九・二、明治書院）、「田山花袋「一兵卒」論Ⅱ――戦争文学としての評価――」（『群馬県立女子大学国文学研究』一九八八・三）

（5）吉本隆明『言語にとって美とは何か』第Ⅰ巻、一九六五・五、勁草書房

（6）戸松泉「「隣室」から「一兵卒」へ――脚気衝心をめぐる物語言説――」（『小説の〈かたち〉・〈物語〉の揺らぎ――日本近代小説「構造分析」の試み』二〇〇二・二、翰林書房）

（7）『田山花袋記念館収蔵資料目録Ⅰ』一九八九・三、館林市教育委員会

（8）「日本におけるプロスペル・メリメ書誌」（『比較文学』一九七八・一二）

（9）十月二日という日付については、宇田川昭子・丸山幸子・宮内俊介編「年譜」（『定本花袋全集』別巻、一九九五・九、臨川書店）に従った。

（10）ホルツ、シユラアフ「死」（一九〇九・九・一五）

（11）『文章世界』掲載のフローベールの訳としては、広瀬哲士による書簡翻訳「フロオベエルの恋」（一九一七・一）がある。また、花袋が編集発行人であった一九一三年（大正二）四月までには、花袋自身の「フロオベルとゴンクール」（一九〇九・五・一）の他、桐生悠々「写実派の先鋒（グスターヴ、フロウベル）」（一九〇七・九）、片上天弦「仏国自然派の開祖フローベール」（一九〇七・一二）などの紹介が見られる。

（12）『日清・日露戦争』二〇〇七・二、岩波書店

（13）「一兵卒」における諸モチーフの持つ象徴的な意味については、得丸智子「田山花袋『一兵卒』における「象徴派的手法」（『日本女子体育大学紀要』二〇〇八・三）を参照。

第三部　叙述方法の形成

第七章　風景の俯瞰から自然との一致へ――「生」改稿をめぐって――

一　花袋の作家イメージと改稿の実際

花袋は『近代の小説』（一九二三・二、近代文明社）において、「明治四十年から四十二三年にわたる間の自然主義運動」（三十七）の時代、とりわけ最初の長編「生」を執筆した一九〇八年（明治四一）の頃を回想して、次のように述べている。

私達は唯驀地に進んだ。今が時だ！　かういふ時にぐづぐづしてゐては駄目だ。かう思つて進んだ。それは今日考へて見ても勇ましい態度であつた。私達は決して躊躇逡巡しなかつた。

私ははつきりとその時のことを思ひ出すことが出来た。いつの間にか世間に迎へられて――気のついた時には、もはや世間の巴渦の唯中にゐて、あちこちから新しいチヤンピオンのひとりとして見られてゐたことを私は思ひ起した。それは丁度私が『生』を書いてゐる時分であつた。私はその時だけは全力を尽した。（三十六）

では、花袋が、「今が時だ！」と思って「その時だけは全力を尽した。」という「その時」とはいつだろうか。いうまでもなく、それは「『生』を書いてゐる時分」である。だが、注意すべきは、「生」には後に詳述するようにその新聞初出と単行本の本文との間に大幅な異同があり、したがって一口に「『生』を書いてゐる時分」といっても、そのうちには新聞連載各回分の執筆期間ばかりでなく、後に単行本に纏めるに際しての改稿期間も含まれているということである。

従来、一般に花袋の創作態度は、前田晁[1]が作者の「そそっかしい」性格と結び付けて、「例えば、一本の木が、こんもりと茂った木立になったり、その時の感じで都合のいいようにしてしまうんですよ。作全体の意味は違わないが、細かいところは大ざっぱなんです」と語っているように、無造作で細部に拘泥しないものと見做されてきた。また、花袋自身、全集に付した「巻末に」(『花袋全集』第十二巻、一九二四・三、花袋全集刊行会)の中で「ある作者に取つては、その作つたものは非常に大切なものであらうが、私には何うもさうは思はれなかつた。私には時が来て唯、花が咲いたくらゐにしか思へなかつた。咲くべき時が来たから咲いた。散るべき時が来たから散つた。唯それだけであつた」と書いており、こうした作者の自己言及も、ひとたび発表し終えた作品に対して無頓着な作家、というイメージを強めてきたものと思われる。しかし、この発言は、のちに正当にも中村星湖[2]が指摘したとおり、「功成り名遂げた後の述懐」であり、極言すれば、「晩年の安心し切つたやうなこの放言豪語を以て、その一代を通ずる方針であつたやうに思ふのは、思ふ方が愚か」ということにもなり兼ねないものである。

したがって、これまで流布してきた無造作、無頓着な作家花袋のイメージを、無批判なかたちで「生」の執筆過程に適用することには、慎重であるべきだといえよう。そうした先入見が、「生」改稿についてもその意義を看過させ、個々の異同に即した検討を妨げてきた傾きなしとしないからである。そのような状況だけに、花袋が「その時だけは全力を尽した」とまで述懐する「生」の創作を理解するためには、従来あまり注目されなかった新聞初出から単行本への異同に目を向け、その改変の趨向を探ることが不可欠と思われる。そこで、本章においては、第一に花袋の回想や諸種の伝記的事実を勘案することで「生」改稿時期の特定を図り、第二に作品の構成や描写枠組などの観点から異同箇所を分析して改稿の理由を推測し、第三に改稿によって作品内でどのような事柄や意味内容が強調されるに至ったのかを考究することとしたい。

二　「生」改稿の諸傾向とその意義

あらためて確認すれば、小説「生」は、はじめ一九〇八年四月十三日から七月十九日まで『読売新聞』に連載され、同年十月二十五日、易風社より単行本『生』として刊行された。

したがって、初出から初版への改稿期間は、ひとまず連載終了から単行本刊行までの約三ヶ月に限定される。連載途中から新聞既出分の改稿が同時並行で進められていた可能性は、談話「『生』に於ける試み」（『早稲田文学』一九〇八・九・一）における、「出来るだけ新聞の分載に煩はされないやうにと努めたのですが、出来上つてから読み返して見ると、我知らず新聞の一日々々でおのづから切れ目を成して居て、今になつてそれを続けて回数を少なくするなんと云ふことは出来ないやうになつて居る」（傍点引用者、以下同）という花袋自身の発言によって否定することが出来る。また、この発言からは、連載が終了した七月十九日から当『早稲田文学』刊行の九月一日までのあいだに――より正確にはそれ以前、この談話がなされるまでのあいだに、すでに花袋が自作を通読し、改稿を試みていたこと（「それを続けて回数を少なくする」）が窺われる。さらに、この直後につづく「尤も藤村氏の『春』などは初めから切れても好いつもりでやつて居られるから好いでせうが、私のは実は新聞の一日々々で切るつもりでなかつたゞけに、どうも纏めて一冊にして見ると変なものになつてしまつた」という文を文字どおりに解すれば、この談話以前に、単行本版へのすくなくとも第一次の改稿がひととおり終了していたこととなるだろう。しかも、花袋は「生」連載を終えるとすぐ九州方面への旅行に出発し、八月九日に帰京したが[3]、この旅中のことを記した紀行「九州より」（『文章世界』一九〇八・九）に「生」改稿を窺わせる記述はなく、また、後の『日本一周』中編（一九一五・五、博文館）における回想にもあるように、花袋はこのとき独歩『欺かざるの記』（前篇一九〇八・一〇、後篇一九〇九・一、左久良書房・隆文館）の校訂に従事していたから、それと同時に自作の改稿を進めていた可能性は、非常に低いものと考えられる。よって、改稿の時期は、八月九日以降九月一日以前に、さらに絞り込むことが出来よう。なお、「秋の寺日記」（『文章世界』増刊「文章百話」一九〇八・一一・一）によれば、この後十月に入ってからも、「妻」の執筆と並行して単行本『生』の校正が行われているが、この校正の段階でどれだけの修正が行われたかは定かでなく、また、この事実は九月一日以前の第一次改稿を否定するものではない。

このように、「生」の改稿は、比較的短期間に、多忙のうちに行われたと推測できるが、その変更箇所は用字・句読法等に関するものを除いても三百数十の多きに上っている。それは、今日「生」とともに三部作を成すと目される「妻」（『日本』一九〇八・一〇・一四～一九〇九・二・一四、後に『妻』今古堂書店、一九〇九・五）と「縁」（『毎日電報』一九一〇・四・三・二九～八・八、後に『縁』今古堂書店、一九一〇・一二）両作における初出から初版への異同が概ね百から百五十の範囲内に収まるのと比べても、飛びぬけて大きな数字なのである。花袋の「全力を尽した」という言葉は、三ヶ月にわたる新聞連載の執筆過程のみならず、――いや、むしろ短時日に集中的に行われた改稿の過程にこそ、当てはまるといっても過言ではない。では、花袋としては例外的とさえ思われるこの改稿には、どのような傾向が認められるのだろうか。

その点について、佐々木啓[4]は、初出から初版への異同を、（一）「文章を整えるための、助詞、接続語、文末時制の変更」、（二）「意味の重複する語句、不要な修飾語等の削除により文章の簡潔化を図る改変」、（三）「環境の設定や単語の変更」、（四）「感傷的な表現と心理描写の過多、或は説明調になり過ぎた箇所の削除もしくは改変」、（五）「新聞小説的要素の排除」の五類に分け、その中でも第四と第五の傾向を、それぞれ「描写の問題」、「脚色にかかわる問題」と呼んで、ふたつながら「生」改稿を特徴づけるものであると論じた。このように、氏の論考によって初出から初版への異同が網羅的に整理分類されたことは、この問題についての本格的研究が他にほとんど見当たらない現在の状況から見て、非常に価値のあることといわなければならない[5]。

だが、この改稿の持つ意義は、氏の分析したような描写形式の問題や、新聞と単行本という異なる媒体の問題にのみ、還元されてしまうのだろうか。そのような問題を踏まえた上で、初出から初版への改稿で強調されたものは何であるのか、それが全体としての作品の理解にいかに影響してくるのかを問うこともまた、重要な課題ではないだろうか。以下では、こうした課題に応えるため、特に大きな異同が見られる箇所を重点的に取り上げ、その異同によって生じた作品構成上の変化をも視野に入れつつ、改稿が作品解釈にもたらす影響について考えてみたい。

三　削除された俯瞰場面における描写枠組

「生」の数多い異同のうち、特に規模が大きく、また重要とも思われるのは、初出第五十四回連載分（六・一二）が、単行本版で全て削除されていることである[6]。銑之助と弟の秀雄が近傍の「丘陵の上」から自分達の暮らす「家」を見下ろすその場面は、前の第五十三回で老母の病の悪化とそれに伴う子等の思いの変化が「子等の胸はこの難かつた母親——理由の無い烈しい欲望の為めに苦しい悲しい犠牲を敢てさせられた——そのむづかしい母親の亡くなつた後のことを想像するやうになつた」と語られたのに続く部分であり、その中でも特に、「垂死の一塊物に対する不愉快の情と、不幸なる母親の運命に同情する心と、自己の将来に於ける不安の念と、この三つが一緒になつて」その心に「常に凄しい波を挙げ」ている文学者銑之助と、彼に対し「『また始つたね、そんなことを言つたつて仕方がないぢやないか』と笑」う軍人秀雄とが対照されていたのを受ける箇所である。

ここでは、はじめに、削除された部分をそれ自体として分析し、次に、その削除によって作品全体に生じた変化について考察することとしたい。

第五十四回の冒頭は、秀雄が郵便函の傍で、その赴任先弘前の下宿の娘、光子からの手紙を読んでいる場面である。そこでは、焦点は秀雄に当てられているが、「不図、気が附くと、低い田を隔てた彼方の丘陵の上に、銑之助が立って此方を手招きして居る」という一文を機に、語り手の視点は徐々に「丘陵の上」へと移ってゆく。

不図、気が附くと、低い田を隔てた彼方の丘陵（おか）の上に、銑之助が立って此方（こっち）を手招きして居る。夕陽の余照が晴れた空気に射し渡つて、後に並んで立つ榛の樹の葉が常よりも黒く見えた。其丘陵は此地（こっち）がなにがし侯の下邸であつた頃の築山で、今は萱や薄や雑草に埋（うず）められてあるが、それでも一条（ひとすじ）の細い路はついて居て、其処からは早稲田の低地を隔てゝ、目白台が一目に指さゝれる、時には水彩画家が三脚を立てゝ居ることなどもあつた。

秀雄は低い田の縁を廻つて、淡竹（まだけ）の叢（やぶ）に添つて上つた。中腹に狐の穴があつた。夕日は今沈まうとして、早稲田の低地の森や街や人家は一時其余照に照りかゞやいて居た。上に立つて居る銑之助の顔は赤かつた。

二人は上に立つて話した。

はじめの段落では、あたりの風景が「一目に指さゝれる」「丘陵」の眺望の良さが語られ、その広々とした景色が「時には水彩画家が三脚を立てゝ居ることなどもあつた」という付加文によって強調されている。つづいて、本文の叙述は秀雄の視線に沿うように丘の頂へと向かう。最初、手招きする銑之助を下から見上げるかたちで描いていた語り手は、ここではちょうど坂道を登りつつある秀雄と視線を共有して、「上に立つて居る銑之助」を見上げていると同時に、「早稲田の低地の森や街や人家」を見下ろしてもいる。そして、秀雄が丘の上に登りきると、「二人は上に立つて話した」の一文でひと段落が付けられる。ここまで語り手の要求する視界の枠組、すなわち四辺を眺望する位置の高さが獲得され、その地点から新たな描写が始まることが、一文一段落の形式によって示唆されているわけである。なお、「低い田」「丘陵の上」「早稲田の低地」「上に立つて居る銑之助」などの表現が頻出するのも、高低あるいは上下関係がこの部分の描写枠組として機能していることを裏付けるものだろう。

ここから、本文は次のように展開する。

> 話の最中に、秀雄は袂の手紙に触つて見た、余程打明けて兄に話さうかと思つたけれどすぐ思留つた。天末の潤々として居るのがいかにも心地が好い。目白台の深緑のところ〴〵に立派な洋館のペンキ塗が見える。秋の晴れた日など、銑之助はよく此処に立つて、胸の鬱を遣つた。四畳半に居た頃の苦悶と空想とは此丘と密接な関係を有て居るのである。

秀雄の懐中にある「手紙」は「待渡つた光子から」（第五十四回）のものである。一方、「此丘と密接な関係を有て居る」という銑之助の「四畳半に居た頃の苦悶と空想」は、かれが新所帯をもつより前、「四畳半の書斎に籠つて、終日書を読んだり、筆を執つたり、（所謂）神来の想を得る為めの楽寝に耽つたりして居た」時分の、「神聖なる恋と神聖なる文学とを一緒にし」た「美しい夢」（第三回）、そして「辛い辛い机の上の煩悶、生理上の烈しい圧迫」（第四回）を指している。さしあたり、このような「空想」的な銑之助の「恋」と、「快活」（第四回）な秀雄の「恋」とが、二人がともに見下ろす風景の描写を間に挟むことによって無理なく穏やかにつながられつつ対置されているのが、この箇所の枠組といえそうである。ただし、それは単に現在の兄と弟の性格の相違を際立たせるための手法ではない。そこには時間という契機が働いているのである。かつて「空想」的な「恋」をした銑之助ももう「妻を貰」（第六回）い、その妻は今「懐妊」（第四十七回）しているのに対し、弟の秀雄が、新たに「恋」の渦中にある。しかも、秀雄が「打明けて兄に話さうかと思つた」事柄は、現在の自身と光子との関係ばかりでなく、将来の結婚のこともそこには含まれていたのである。それは、第四十九回において、「ハ、オモイ」の電報を受けた秀雄が、弘前から上京する汽車の中で「何うかして、今度行くのを機会に、兄に話して、具合が好かつたら母にも話して、公然妻に貰ひ受け度いものだ」と考えていることから窺われる。つまり、「丘陵の上」からの「潤々とし」た眺望の空間的広さに対応するかのように、兄弟の年齢差によるふたつの異なる「恋」の対置という形式をもって、ここでは過去から現在、そして未来という時間的なパースペクティブもまた、広々と読者の前にくり展げられることとなるのである。そしてそれは、この場面のどこか伸びやかな印象の理由でもあるだろう。

だが、この眺望場面が眺望場面たる所以は、この後に続く描写において示される。


　二人は眼を遠きより近きに移した。

　柴垣に囲まれた檜の樹の二三本植ゑられた其家！檐の低い暗い家！母親の死に瀕して居る一室！垣に続いた前の車井戸にはお桂が今水を汲んで帰つて行く処で、長い縁側の上の物干竿には手拭が白く風に靡いた其家を越して青い畠、更にそれを越して榧の大樹、銑之助の家の座敷の障子は先程（さつき）明けたまゝになつて居て、よく見ると、玉蜀黍の広葉の蔭に釣り渡したハンモックも見える。

　坂を一台の車が下りて、家の門前で留るのが画のやうに、パナマ帽の白いのが際立つて眼に着く。いつもの医師（いしや）が車を下りて、門から玄関に行く。後から車夫が鞄を持つてついて行く。

『医師が来たね』

『さうのやうだね』

『昨日は何と謂つて行つた？』
『あゝ衰弱して居るんだから、何時変があるか解らんと言つて居た』
二人は夕日の丘を下りた。

この箇所の俯瞰描写は、「二人は眼を遠きより近きに移した」に始まり、「二人は夕日の丘を下りた」で終わっている。この二つの文も、先程の「二人は上に立つて話した」と同様、「二人は」を主語とし、一文一段落を構成している。風景を眺める「二人」の位置や視線についてのこうした短い記述が合間合間に入ることで、十数行にわたる長大な描写はいくつかの纏まりに区分され、その枠組を与えられているのである。さらに、「よく見ると……見える」「眼に着く」といった視覚表現も、兄弟の視線が描写に果たす役割を示唆しているし、三つ続いた体言止めの感嘆文や、「其家を越して」「更にそれを越して」といった列叙の手法も、視点人物の立つ位置の高さをその根拠として、次々に眼に映る事物を挙げてゆく俯瞰描写にふさわしいものであろう。なお、それは、高さによって対象との間に距離を取り――というよりむしろ距離によってさまざまな事物や出来事を対象化して「画のやう」に写し出す方法ともいえる。高橋敏夫は[7]『重右衛門の最後』（一九〇二・五、新声社）を分析しながら、そこに露呈した「「高さ」への欲望」、あるいは「拡張する空間のすべてを視野に収め、そして事物の布置を確認しようとする」「「パノラマ」的なまなざし」を指摘し、それが文明開化から帝国主義へといたる「国家的欲望」、すなわち「「高さ」の確保による世界把握＝世界支配の思想」と不可分に結びついていると論じているが、一九〇八年の「生」におけるこの描写も――そこでは軍人と文学者が眼下の新開地と[8]「暗い家」とを俯瞰している――そのような「「パノラマ」的なまなざし」の延長線上にあるものと考えられる。

さらに、比較文学の観点からすれば、こうした俯瞰描写はフランスの自然主義作家たちがしばしば用いた方法でもある。アンリ・ミットラン[9]は、ゾラの「テレーズ・ラカン」第十一章におけるピクニックの情景描写を取り上げて、それを「マネとルノワール、ならびにフロベール、ゴンクール兄弟あるいはモーパッサンでおなじみの」「画家の手法」であると言っているが、花袋のこの箇所における描写も、「『生』に於ける試み」で推奨されたゴンクールによる、『ジェルミニー・ラセルトゥ』第十二章の、Germinie とその恋人 Jupillon とが郊外の丘からパリ市街を俯瞰する描写に類似している。左に田山花袋記念文学館所蔵、花袋旧蔵本 *Germinie Lacerteux* からの引用を示す[10]。

They returned and reascended the slope. The sun had disappeared: the sky was gray along the horizon, pink above that, and still above that of a bluish tint. Over the verdure were cast the shadows of darkness, the throng looked indistinct; white took the hue of blue. Everything was effaced by the death of day, and when the shadows deepened, began the origins of the night. On the slope the grass waved in the breeze.

花袋とゴンクールのいずれにも、昼と夜の光が微妙に交錯する黄昏の風景が描かれており、また何よりも高台に登って「天末」あるいは the horizon までつづく眼下の風景を眺望するという描写の枠組が共通している。たしかに、ゴンクール兄弟による空を三層に分けた印象的な描写は、花袋においては「夕日の余照が晴れた空気に射し渡つて」と、いささか短く切り詰められてしまってはいる。だが、場面全体にある統一的な情調をもたらす光線の変化が、あたりの家々や人々を照らし出すように描出されていることは、両者に共通する点である。また、薄暮の光のうちに点綴される様々な色彩に関しても、ふたつの描写の間には類縁性が感じられる。ゴンクールにおいては gray と pink と bluish tint を帯びた空、the shadows of darkness がその上に投げかけられる the verdure、そして white から blue への色調の移りゆき。花袋においては、「夕日の余照」に映えた「銑之助の顔」の「赤」、「常よりも黒く見え」る「榛の樹の葉」、および「目白台の深緑」、「手拭」と「帽子」の「白」、「畠」の「青」。ともに、夕日の名残の「赤」や pink 系統の色調をも描出しながら、影を帯びて暗く沈んで見える木々の緑を描き、「白」「黒」そして gray といった無彩色が夜へ向かう光線の変化を巧みに写し出しているのである。

ただし、『ジェルミニー』においては、引用箇所最後の Everything から始まる一文によって明らかなように、昼の光から夜の影への移り行きが全てのものについて一様に描き出されている一方、「生」においては、「早稲田の低地の森や街や人家は一時其余照に照りかゞやいて居た」と述べられる遠景の明るさに対して、暗さの強調点は母親の病臥する「檐の低い暗い家」に集中されている。そのことは、さきほど列叙法と解した三つの感嘆文が、第一文で家の外観を写し、第二文でその「暗さ」を嘆じ、第三文では最終的に「母親の死に瀕して居る一室」に焦点を絞ってその詠嘆を強めるというように、漸層法としても捉えられる、というレトリックの側面からも裏付けられる。「生」における明暗の交錯は、ただ黄昏の光の有りようを写し出すためだけに導入されたわけではなく、そのポイントは「家」の暗さにあった。「恋」を胸に抱く秀雄と「胸の鬱を遣」る銑之助の眼下に遠く広がる新開地の光景は明るく「照りかゞや」き、「天末の潤々として居るのがいかにも心地が好い」が、眼を母親の病臥する「家」に転じれば、それは「檐の低い暗い」場所として彼等の眼に映るのだ。この箇所において、俯瞰された光景は、明から暗への推移というより、その両者の対比という形で描出されているといえよう。なお、前記花袋旧蔵本第十二章では「Germinie liked to see the carders at work, the horses at pasture, the soldiers playing bowls, the children flying their black kites against the clear sky.」という本文のうち、black kites と the clear sky の部分に、――すなわち黒い凧と晴れわたった澄んだ空とがあざやかに対照された部分に、朱筆によるアンダーラインが引かれており、ゴンクールの描写への花袋の関心の一端も、色彩の鮮明な対照にあったのではないかと推測される。

さて、このような明暗の描かれ方や描写の枠組によって見ると、「丘陵の上」から広い景色を俯瞰する子等と眼下の「暗い家」に死につつある母親との対比が、この場面全体を覆う大きな構造として浮かび上がって来る。そして、その恋の性質については対比的に描かれていた銑之助と秀雄も、この大きな対比の構造においては、「丘陵の上」から広い景色を俯瞰する子等、という一方の項の中に包含されてしまう。そしてそれに伴い、先程指摘した過去・現在・未来という時間的なパースペクティブにも、新たな解釈が加えられることとなる。——おそらく、秀雄と銑之助にとって眼下に俯瞰される「暗い家」は、その空間的距離に相応して、すでに「過去」へと遠のいているのである。これより後、銑之助夫婦の住む「裏の家」で——その場所も母親の病に臥す「下の家」（この言葉は作中に頻出する）あるいは「暗い家」から距離があるが——子等がそろって話を交わす場面でも、「母親はもう現在の人としてよりは過去の人として子等の頭脳(あたま)に映つて居たのである」（第六十回）といわれている。そのように、あたかも過去の出来事のように見ることによってこそ、彼等は母親に「何時変があるか解らんと言つて居た」医師の到着をも、いや、その他全ての「家」の光景をも、「画のやうに」眺めわたすことが出来たのである。現在の、眼前の光景に既に過去としての意味を付与したこの兄弟は、母親の死後のことを——「夕日」の「沈まうと」するのを遠望しながら早くもその先の明日のことを、それぞれに思い描いているのではないか。銑之助は「自己の将来に於ける不安の念」を抱き、そして秀雄は自らの「恋」の行方を思いつつ光子を「妻に貰ひ受け」ようとする期待と焦慮とを覚えながら、いわば未来を先取しているのではないか。この俯瞰場面にあらわされているのは、母親の病臥する「暗い家」を過去のものとし、そこから抜け出して「潤々とし」た未来へ向かおうとする、子等の欲望であるということも出来よう。

四　作品における俯瞰場面削除の意味

しかし、ここまで分析、解釈してきた第五十四回の本文は、単行本『生』では全て削除されている。『重右衛門の最後』以来の手に入った俯瞰場面、さらにそこにゴンクール風の光線の描写をも加味した印象的手法、あるいは、「新芽の発生につれて、古葉の凋落するやうな苦痛」（第四十七回）という言葉に象徴される、母親の死と子供達の新しい生活という全編の主題を縮約したかのようなその構図――にもかかわらず、この箇所は悉く削られてしまったのである。とすれば、その削除には、作品全体との関連において何かしら重要な意味がなければならない。何故この第五十四回は削除されなければならなかったのか。

その理由の一つは、まさに、その部分だけを取り上げて、前節で試みたような一定の統一的解釈が成り立ち得るところにあると考えられる。この部分は、新聞連載各回のうちでも、前節で確認してきたように、特にその完結性が高い回の一つであり、整斉した明確な構造をそのうちに持っている。たしかに、兄弟の対置構図や母に対する子等の思いの変化の流れなどは前の回から引き継いでいるけれども、高所からの眺望を描写の枠組とし、その場所から二人の視点人物が下りるところで終わるこの回の内的構造の完結性は、かなり高いものといわざるを得ない。その完結性ゆえに、作品の他の部分との有機的な連関のうちに位置付けることが難しく、作品の内部で孤立した印象を与えることが、作者によって懸念されたのではないか。

また、削除の二つ目の大きな理由は、この場面の描写枠組ないし視点のあり方が、作品内において異質なものだということであろう。小説「生」が成功した要因の一つは、合評「『春』と『生』と」（『早稲田文学』一九〇九・二）における「『生』は喜久井町の原の一軒屋を舞台として終始動かず」という生方敏郎の評や「『生』の人物は、親子夫婦兄弟と云つたやうに血縁の者を一団としたもので、場所は従つて家庭に重きを置いた」という服部嘉香の評などが早く指摘したように描写範囲の限定にあるといわれており、実際、この小説で主に描かれる場所は、「下の家」と「裏の家」、およびその周囲の庭や畠などである。[11] 例外としては、冒頭で一家の人々についての噂話がなされる銭湯の場面、それにつづく街の変遷の記述、中程では秀雄が上京する汽車の中の場面、最後に母親の埋葬に親類縁者が青山墓地へと向かう場面、そして再びなされる街の移り変わりの記述などがあるけれども、そのどれも、第五十四回の場面のように、視点人物が作品の主要舞台である「家」から距離をとって、それを離れて見るという構図を持ってはいなかった。いいかえれば、それほどまでに見る者と見られるものとの間に隔たりが設けられたことはなかったのである。つまり、この場面は、作品を一貫する「家」に密着した描写のあり方とは異質な箇所であるということが出来るのである。

では、その削除によって単行本の本文で強調されたのは、一体どのような事柄なのだろうか。

おそらく、その手掛かりとなるのは、削除箇所の少し後にある、銑之助が庭から外に出て闇夜の中にその身を置く場面であろう。それは、削除された第五十四回とは、対蹠的なあり方をもつ場面だからである。まず、「暗い丘の向ふに黒い椿の樹が怪物のやうに並んで立つて居た〔る〕」という一文からは、銑之助の視線の方向が逆であることが分かる。だが、視線の方向はさしあたって重要なことではない。むしろ、この場面では、見る者と見られるものとの間の距離が、ほとんど感じられないかのごとくである。第五十四回の俯瞰場面では、高低または上下の関係にもとづき、丘の上に立つ兄弟と、彼等に眺められる母親の病臥する「家」とのあいだに距離が取られ、そこに眺望の広さの印象も獲得されていたが、一方、この場面で強調されているのは、「銑之助は庭から井戸端の前の柴折戸のかき金を外して垣の外に出た。胸は何となく沈着いて、自然の穏かな静かな光景に全く一致して了つたやうな心地、人の世の憂、人の世の悲哀、それが明かにしめやかに何とも名状せられぬ感じを其胸に齎した〔がする〕」

という一節から窺われるように、見る者と見られるものとの、さらにいえば感じる者と感じられるものとの「一致」なのである。いいかえると、削除された第五十四回において、風景はそれを俯瞰する者との距離によっていわば対象化されていたが、ここでは「光景」はそれを見る人との間に距離を感じさせず、その人の「胸」と「一致」したものとして描かれているのである。なお、ここからは、初出（第五十六回）から単行本への改変により、「人の世」に関する部分が削除され、「自然」との「一致」が強調されたことも確認できる。

この「一致」の感覚には、本文で繰り返し言及される「水鶏の声」と「蛙の声」という聴覚的要素の役割が大きいだろう。この場面の冒頭では、まるで銑之助が「水鶏の声」に誘われて「自然」の懐へと赴くかのように、「一夜（あるよ）銑之助がお桂と夜伽をして居ると、前の田に水鶏の声が面白く聞えた。渠は立つて戸を明けた」と述べられている。また、「四辺は全く寝静つて、阪の上の二階屋の門前の硝子（瓦斯）燈が覚束なく点いて居るばかり、蛙の声が田やら畠やらに満ちて聞えた」ともあり、「四辺」に「満ちて聞え」る「蛙の声」が、銑之助と「自然」とを涵して、ひとつに包み込むかのようである。

だが、この「一致」に決定的に重要なのは、夜の「闇」にほかならない。この場面の冒頭ちかくでは、「夜はもう十二時を過ぎて居た。曇つて暗い空を透して、梅、樫、檜、百日紅などが更に暗くこんもりと影を重ねた」と夜の深まりが語られ、暗い空と更に暗い木々の影とが写し出されている。また、銑之助に関して、「暗い闇の中に自分唯一人生きて居るやうな気がした」ともいわれている。分明な視界の広がりとその明確な極限とを許さず、人をとり囲み、浸透するかのような「闇」は、「自然」との「一致」を人に感じさせると同時に、「唯一人生きて居るやうな」孤独の感をも覚えさせる。この孤独感から、人が「自然」と「一致」しながらも、したしみぶかさや親密さとは別の、何かしら不可解な、怖ろしげな印象を周囲の事物から感じるというのが、先程引いた「黒い榛の木が怪物のやうに並んで立つて居た」ということの意味であった。これもまた、俯瞰された光景の明白さの、「いかにも心地が好い」印象とは対蹠的な感覚であろう。

このように、新聞初出から単行本への改稿において、俯瞰場面が他の場面から独立したその内的完結性ゆえに、また「家」に内在する視点の一貫性を作品全体に確保する目的で、一回分全て削除されたことは、結果として後続場面での人と「自然」との「一致」を際立たせることとなったのである。

注

（1）瀬沼茂樹との「対談　田山花袋の思い出」（『現代日本文学全集月報』21、一九五八・五、筑摩書房）

（2）「解説」（『花袋全集』第五巻、一九三七・九、花袋全集刊行会）

（3）小林一郎『田山花袋研究——博文館時代（二）——』（一九七九・二、桜楓社）および宇田川昭子・丸山幸子・宮内俊介編「年譜」（『定本花袋全集』別巻、一九九五・九、臨川書店）の考証による。

（4）「『生』の改変に関する一考察」（『青山語文』一九九六・三）

（5）なお、『日本近代文学大系第19巻　田山花袋集』（一九七二・六、角川書店）において、新聞初出形が本文として採用され、相馬庸郎が頭注に「全集本」との主要な異同を示した。この「全集本」（『花袋全集』）の「生」本文は単行本系統のものである。

（6）以下、本文の引用に際し、初版において削除された箇所に傍線を付し、加筆された箇所は亀甲括弧に入れて示すが、初版で全文削除された初出第五十四回連載分については、煩雑を避けてあえて傍線は付さなかった。

（7）「パノラマの帝国——『重右衛門の最後』論への序——」（『国文学研究』一九九〇・三）

（8）この小説の舞台である喜久井町、早稲田近辺が年毎に開けてゆく様子は作品の冒頭ちかく、第二回から第五回に詳しく記述されている。「山の手も段々と開けた。鉋の音が到る処に聞えて、新建（しんだて）の貸家が日増しに殖えた〔る〕」（第四回）。

（9）『ゾラと自然主義』佐藤正年訳、一九九九・七、白水社

（10）表紙等脱落のため、正確な書誌情報の確認は困難だが、山川篤『花袋・フローベール・モーパッサン』（一九九三・五、駿河台出版社）のいうように、*Germinie Lacerteux : a realistic novel*. London: Vizetelly, 1887. と推測される。

（11）この点に関しては、尾形明子「「生」論」（『田山花袋というカオス』一九九九・二、沖積舎）のいうように、この二つの家が窪地にあるということも重要である。それはそこに住む者の視界を一定の枠内に遮り入れる。また、その中でも「下の家」の方が文字通り「下」にあり、閉塞と陰鬱の感はより強いものとなっている。

第八章　写すことと編むことのあいだ――『田舎教師』における風景描写の形成――

一　「文章月暦」と『田舎教師』

『田舎教師』は、「梅雨日記」（『文章世界』盛夏号、一九〇九・八・一）の記述によれば一九〇九年（明治四二）六月十八日に執筆が開始され、同年十月二十日に左久良書房より刊行された。この間、花袋は六月三十日に『小説作法』を博文館から出版しているが、その第七編「観察と描写」の三「天然と季節」（初出「文章講話」『文章世界』新緑号、一九〇九・五・一）の章に次のような記述のあることは、『田舎教師』の風景描写との関連から注意を惹く。

季節といふことは、吾々が年々繰返して経て来るものであつて、別にめづらしいことでもない。梅が咲く、桜が咲く、五月雨が降る、夏が来ると言つた風で、観察にも別に大して難かしいことはない。けれど大抵な人は余り多くこれに注意を払はずに暮して居る。つまり細（こまか）いことになると、余りよく知つてゐるものはない。だから、月暦と言ふやうなものを自分で作つて、細かく注意して見ると好い。二月頃には何ういふ気候だとか、三月頃には何ういふ花が咲くとか、何ういふ肴が旨いとか、何ういふ野菜が季節だとか、又は空の色は其頃は何ういふ心持の色をしてゐるとか、霧が深いとか、雨が多いとか、さういふことを一々書き記して置いて見ると好い。そしてそれを二三年も続けて、平均して見ると、大抵季節の変化は解る。季節々々に於ける天然の色彩なども明かに頭に浮んで来るやうになる。

花袋は同じ章の中で、「私の経験では景は要するに其背景乃至前景に留るのであるから、小説では余り詳しく書く必要はない」としながらも、「小説を書くには其景物が甚だ肝要である」と述べている。つまり、「小説」において、「天然の中に起つた人事が人事そのものばかりを離れて見るよりも、一層明かに見えて来る」という効果をもたらすためには、「天然」や「季節」をあまりに多く書き込む必要はないが、切り詰めた描写の中にも、それらの「景物」はあくまで注意深い「観察」に基づいて描き出されなければならない、というのである。そして、そのために花袋が奨めるのが、引用箇所にあるように、「月暦と言ふやうなものを自分で作つて、細かく注意して見る」ことと、「それを二三年も続けて、平均して見る」ことなのである。

ところで、こうした初学者に向けて発せられた忠告を、花袋自ら実践してみせたのが、一九〇八年（明治四一）一月から十二月まで一年間にわたって、増刊号を除き毎月『文章世界』に連載された小品「文章月暦」にほかならない。この連載は、最終回を除いて「わが小暦」と改題の上、『花袋小品』（一九〇九・一、隆文館）の巻頭に収録されたものである。最終回が収められなかったのは、初出から初版までのあいだに時間的な余裕がなかったためであろうか。なお、この「文章月暦」全十二回は、小林一郎『田山花袋研究――年譜・索引篇――』（一九八四・一〇、桜楓社）や宮内俊介編「著作年表」（『定本花袋全集』別巻、一九九五・九、臨川書店）といった従来の年表類からは脱け落ちており、宮内『田山花袋書誌』（一九八九・三、桜楓社）の『花袋小品』の項でも、「わが小暦」の初出は空欄となっている。この作品は、近松秋江が「花袋氏には小説以外に却つていゝものがある、「文章月暦」の如きは慥に名文だ」（「田山花袋論」『新潮』一九一〇・九）と推奨したように、一年のそれぞれの時節の自然と人事、そこから受ける印象などを、簡潔な文語体で点綴するスタイルを採っているが、ここでは、そうしたスタイルを支えるものとして、発表月（日は全て十五日）とそこで扱われる時節との関係を確かめてみたい。「発表月／そこで扱われる時節」という形式で示せば、次のようになる。

一月／十二月～一月初め。　二月／一月中旬～二月。
三月／二月節分～三月中旬。　四月／三月～四月初め。
五月／四月中旬～五月節句。　六月／五月中頃～六月梅雨前。
七月／六月梅雨期～七月中旬。　八月／七月初旬～八月。
九月／八月～九月中頃。　十月／九月～十月初め。
十一月／十月～十一月。　十二月／十一月～十二月。

ここからは、おおよそ前月から当月半ば頃までが、毎月の「文章月暦」で扱われる主な対象であったことが分かる。つまり、花袋は毎月決まって、実際にそこに描く季節の空気を身をもって感じながら、「文章月暦」の筆を進めていたことになるのである。

だが、そうした執筆と体験の近接という点のほかに、「文章月暦」の文中、作者の数年間の経験や観察を踏まえなければ書き得ない叙述が散見する点も、読者の注意を惹くところである。

> 三月の末より四月に入る頃、彼岸桜の咲き始めたるを聞くべし。年に由りては、四月に入りて猶花の開かざることあれど、概して四月三日の神武天皇祭は、彼岸桜の盛りを見る。（四月号、傍線引用者、以下同）

> 七月初旬の曇天は続いて月の末に至ることあり。また中旬より晴れて赫耀たる炎威を恣にすることあり。是に至りて、人は初めに夏の暑さを感ず。（八月号）

> 此頃は快晴長く続く。十一月の初めより十二月の終まで、一滴だに雨の降らぬ年あり。露は水霜となり、水霜

は霜となりて、寒さは日毎に募り行く。（十二月号）

傍線を付した「年に由りては」「……ことあり」「……年あり」といった表現から推測されるのは、花袋が自身の数年間の日記を参照しつつ、それらを纏め、編むかたちで執筆されたのが——『小説作法』の表現を借りれば、日記へのメモを「二三年も続けて、平均して見る」ことによって成ったのが、この小品であったということである。いわば、「文章月暦」には、一年を通して実際に描こうとする季節の中に身を置いて執筆するという実感の側面と、これまでの日記の記録を調べ、纏めるという編纂の側面とが、巧みに総合されているのである。実感に基づいてある事物を写すという行為と、記録された事柄を編むという行為との融合の上に、「文章月暦」は成立していたのである。

ところで、数年に及ぶ自らの日記の記録を編纂し、さらにその時々の実感も写し取りながら、一年間にわたって定期的に季節の景物を綴った小品を連載するというこうした試みには、花袋自身何かしら期するところがあったに違いない。二、三、九、十月号で「資料」欄に掲載されていることからも分かるように、「文章月暦」には『文章世界』の青年読者に創作の「資料」を提供しようとする側面があったことはいうまでもないが、そうした表向きの意図とは別に、そこには花袋自らの季節の描写のための覚書、これまで書き溜めてきた季節をめぐるメモを纏まった文章に編み上げることで、自身が小説を書く際の「資料」として活用しようとする意図もあったのではないか。

そして、そのような観点に立つ時、「生」（『読売新聞』一九〇八・四・一三〜七・一九）、「妻」（『日本』一九〇八・一〇・一四〜一九〇九・二・一四）と続いてきた花袋の長篇のうち、その書き始めから「文章月暦」を全体として活用できる位置にある最初の作品が、一九〇九年六月十八日執筆開始の『田舎教師』であるということが、重要な意味を持ってくる。なお、『田舎教師』の執筆過程については、既に一九〇八年のうちに、現在では散逸した「原(ウル)・『田舎教師』[1]」ともいうべき原稿が書かれていたことが、「田舎教師は尚執筆中」（「文芸界消息」『趣味』一九〇八・二）、「単行本として出版する為に『田舎教師』を既に百枚書きたりと」（「彙報」『早稲田文学』一九〇八・九）といった雑報記事や、「僕の書きかけて居る『田舎教師』」（「九州より」『文章世界』一九〇八・九）、「［モデル小林秀三は］『田舎教師』が出来上るまでは、少くとも一日も私の胸を去らぬなつかしい友である」（「秋の寺日記」『文章世界』一九〇八・一一・一五）といった花袋自身の言及を通して知られているが、このことは、既に「文章月暦」の連載自体が、「原・『田舎教師』」の執筆と並行して為されていたことを意味しており、両者の関係の深さを推測させる。つまり、「原・『田舎教師』」執筆の時点においては並行執筆ゆえに未だ全体として利用できなかった「文章月暦」を、改めてまとまった「資料」として活かすかたちで書かれたのが、現行版『田舎教師』だったのである。[2]

二　原型的イメージの構成

このような、『田舎教師』における「文章月暦」活用の例を、以下にいくつか示してみたい。

まず、清三が浦和の女子師範に入学した美穂子の留守宅に、その兄北川を友人の郁治とともに訪問する場面――この二人の青年の美穂子への思いが微妙に交錯する、作品前半における重要な場面の一つは、五月後半に設定され、「夕飯を食つてから、湯に出かけたが、帰りに再び郁治を訪ねて、明かな夕暮の野を散歩した」（十二）以下、「麦畠と麦畠、其間を縫ふやうにして二人は歩いた。話は話と続いて容易に尽きようとしなかつた。路はいつか士族屋敷のあたりに出た」（同）まで、花袋自身の踏査に基づく沿道の風景描写が続いているが、その基底に、「文章月暦」（六月号）に記された「麦も漸く赤く、日の光暑し。此頃何となく心楽しきは学校にありし頃暑中休暇を楽しみし習慣にや。とある田舎の道、麦色附きし間を若き二人の青年が空想を語り合ひつ丶行くさまを何の故ともなく思ひ起す」という「六月に入る」頃の風景のイメージが、原型としてあることは見逃せない。このイメージのもとになった花袋の体験は、後の「麦熟れの野より」（『文章世界』一九一〇・六）に「十年ほど前に、独歩と近郊を散歩したことがあつた。丁度今頃であつた。麦が赤くなつて、日が晴れやかに光つた。独歩は、周防の田舎に行つて、若い者を集めて、村塾を開いて居た時のことを話した。吉田松陰などがその頃のかれの理想であつた。麦の赤く色付いた田舎道をかれは青年達と将来の希望を語りながら歩いた。あの時分――あの時分と言ひながら、独歩は郊外の麦の道を私と並んで歩いて行つた。今頃になつて、麦の赤くなつたのを見ると、いつも私は独歩の村塾を思出した」と記されているが、「文章月暦」では「とある田舎の道」「何の故ともなく思ひ起す」などとあるように、個別の体験というよりも、そこから形成された全体のイメージの方が重視されているのである。

ここで、あるいは「文章月暦」の記述の方が、『田舎教師』のモデル小林秀三の日記や、花袋自身の踏査に依拠しているのではないか、という疑問が生じるかも知れないけれども、そうした可能性はともに否定される。というのも、この場面の根拠となった小林秀三日記一九〇一年（明治三四）五月十九日の条には、「夕方より湯に行きて夜はまた破骨と散歩して談りゝゝ、序に北村氏に行き」[3]云々とあるのみで周囲の風景をめぐる具体的記載はなく、風景描写の細部の素材が集められた埼玉県行田への花袋の踏査も、「梅雨日記」によれば一九〇九年六月七日と、「文章月暦」初出より一年程も後のことなのである。つまり、「とある田舎の道、麦色附きし間を若き二人の青年が空想を語り合ひつゝ行くさま」という原型となるイメージが先にあり、踏査の果たしたのは、あくまでもその肉づけとしての役割であったのである。

また、清三の葬儀の際、棺が家を出て寺へと向かう場面にある「夜は星が聴しげにかゞやいて居た。垣には虫の声が雨のやうに聞える。椿の葉には露が置いて、大家の高窓から洩れたランプの光線がキラキラ光つた。樹の黒い影と家屋の黒い影とが重なり合つた」（六十三）という『田舎教師』の描写の基底にも、「椿の葉は月夜の露に美くし。香川景樹の歌に『月てれはつら〳〵椿その葉さへ皆白玉と見ゆる夜半かな』まことによく椿の葉の美を歌ひたりと思ふ。夜深けて、月天心にある時、庭におり立てば、木の影の黒き中に、美しく輝く椿の露！」という、『桂園一枝』所収の和歌を引いた「文章月暦」（十月号）の記述があるように思われる。『田舎教師』に月は描かれていないものの、椿の葉に置いた露、そこに照り輝く光、そして対照的な樹木の黒い影の描出といった風景の構成は、両者によく共通しているのである。

なお、この他にも、「ある秋の日、和尚さんは、廂髪に結つて、矢絣の紬に海老茶の袴を穿いた女学生風の娘が、野菊や山菊などを一束にしたのを持つて、寺の庫裏に手桶を借りに来て、手づから前の水草の茂つた井戸で水を汲んで、林さんの墓の所在を聞いて、其前で人目も忘れて久しく泣いて居たといふことを上さんから聞いた」（六十四）という終章における清三の教え子田原ひで子の描出、そして「秋の末になると、いつも赤城おろしが吹渡つて、寺の裏の森は潮のやうに鳴つた。その森の傍を足利まで連絡した東武鉄道の汽車が朝に夕に凄じい音を立てて通つた」（同）という結末の風景描写の基底には、「文章月暦」（十月号）における「秋の彼岸は春の彼岸に比べて何となくさびし。墓塋に詣づる少女の姿も鮮かなる秋の空気に伴ひてあはれに見ゆ」という秋の墓畔に立つ少女のイメージと、「十月に入れば、野分の風森を鳴らし林を鳴して朝夕やうやく寒し」という季節の雰囲気の大局的把握が存在するであろう。確かに、『田舎教師』に描かれた北関東の「赤城おろし」と、東京を念頭に置いて書かれた「文章月暦」の「野分」との間には、一定の距離があろう。しかし、そうした差異を超えて、以上の例において重要なのは、実感を写すことと記録を編むこととの融合の上に「文章月暦」で構成された季節ごとの原型的イメージを、再び巧みに編み上げることで成り立っているのが、『田舎教師』の表現だという点なのである。

三　旅の日記帳から風景描写へ

花袋は、『田舎教師』刊行直前の「インキ壺」(『文章世界』一九〇九・九)において、「踏査――私はこの踏査といふことを地理学から学んだ」と言い、「歴史地理といふ学問は面白い学問である。私は小説地理といふことを『田舎教師』に由つて考へた」と述べて、『田舎教師』執筆における「踏査」の役割の大きさを窺わせている。(4)「文章月暦」に集成された大づかみな季節の雰囲気の把握を具体的描写へもたらす際に、この踏査で得られた素材が用いられたわけである。前節でも簡単に触れた「梅雨日記」六月七日の条と『田舎教師』第十二章の描写との関係を例に採れば、「行田の城址を散策す。蘆荻既に深く、蛙声老いたり、士族屋敷の垣に紅き薔薇一輪咲きたり。里川の水饒くして岸の草に溢る」という日記の記載が、『田舎教師』では「夕日は昔大手の門のあつたといふあたりから、年々田に埋立てられて、里川のやうに細くなつた沼に昼のやうに明かに照り渡つた。新に芽を出した蘆荻(あし)や茅や蒲や、それに錆びた水が一杯に満ちて、或処は暗く或処は明るかつた」という箇所と、それより後の「垣に目の覚めるやうな紅い薔薇が咲いて居る」という箇所とに、分割して敷衍されているのである。

さて、このような花袋の「踏査」のあり方を、より詳細に伝えているのが、「旅と旅行記」(『中学世界』一九〇九・六)である。その中で花袋は、若い読者に対し「旅の日記帳」の必要性を説き、自身旅行の際には「ポッケットに必ず日記帳を入れて置く」として、その活用法を次のように述べている。

私のポッケットの日記帳には、途中で邂逅した事件と光景とが思ひ出せるやうに一句か二句で書いてある。例へば『此辺松多し』とか、『色白き女を見る』とか、『市日にて賑かなり』と書いてあつて、面白い事件には特に圏点などがつけてある。

又、気が向くと、細かい写生などを遣つて見ることがある。何のことはない、絵でも描くやうに、彼処に山、其色は灰色、向ふに竹藪、藁葺屋根などと出来るだけ詳しく書く。それが後になつて、存外役に立つて、小説の一章になることなどもある。

そして、こうした「旅の日記帳」の実例となっているのが、一九〇八年七月中旬から八月上旬にかけての九州旅行のことを記した紀行文「九州より」（『文章世界』一九〇八・九）である。なお、その旅中の七月二十三日、花袋は同年六月九日に自殺した『文章世界』誌友西萩花の遺族を耶馬溪に訪ね、「僕は此までにも田舎の青年の死といふことを考へたことは幾度もある。才を抱き志を抱き空しく田舎に埋れて了ふ悲哀は到る処にある。僕の書きかけて居る『田舎教師』(5)もさうした人間を書かうとするのだ」と述べている。ここからは、この旅行と『田舎教師』執筆との関係の深さが窺われるが、翌二十四日のことを記した箇所に、「御越町で烈しい夕立に逢つた。手帳を見ると、かう書いてある」として掲げられているのが、次のようなメモなのである。(6)（圏点原文どおり）

亀川温泉
夕立と田舎芸者
傘と三味線
芸者の裾まくり
二階に芸者下に馭者
三味の音、鼓の音
濡れたる手
濡れたる赤い腰巻

ここでは、実際に嘱目の光景が「一句か二句で」写し取られ、「面白い事件には特に圏点などがつけてある」わけだが、(7) この直後、「夕立が余り烈しいので、馬車を留めて待つて居た時の実況だ。別府は別世界と聞いたが、これほど丶は思はなかつた」という簡単な説明を挿んで、手帳のメモを文章化した部分が続いている。ある光景に接した際、即座に写し取られた短い字句が、いかに文章に編み上げられてゆくかを示す資料として、その表現の特徴を確認してみたい。なお、メモに含まれる素材が文章中に導入された箇所には破線を、それらの素材を文章として纏め上げる際に重要な役割を果たした思われる箇所には傍線を付した。

其処は何でも馬車の継立場で、温泉宿を兼ねて居るやうな家だつたが、三味線の音鼓の音の盛なこと丶言つたら、夕立も三舎を避ける位で、あやしげな女の自棄(やけ)に唄ふ声が嵐のやうに聞える。馭者は客の濡れぬ為めに馬車の四面に覆ひを下す。その隙間から見ると、芸者共はやがて三味線を罷めて、欄干の無い二階の縁側に二人三人四人までだらしない風をして並んで、夕立の降頻るのを面白そうに見て居る。下では馭者が家婢を相手に戯談を言つてる。詳しく描くと、中々面白いスケツチが出来る。雨の中に芸者が裾を高くまくり上げて行く処など鳥渡可笑かつた。

たしかに、花袋自身「詳しく描くと、中々面白いスケッチが出来る」と断っているとおり、「三舎を避ける位」という軽い言い回しや、「鳥渡可笑かつた」という感想の挿入など、全体としてやや概括的な表現が目立ち、「スケッチ」としては未だ十分に消化されていない、「詳しく描」き切れていない憾みもあろう。しかし、そのように文章として磨き上げられる前段階のものだということは、そのもととなったメモとの関係を考える際には、かえって好都合であるともいえる。

まず、第一文では、「夕立と田舎芸者」というメモに記された二つの素材が、後者は「あやしげな女」と言い換えられた上で導入され、「三味の音、鼓の音」はほぼそのままの形で活かされている。そして、それらの素材を一文に纏めるために用いられているのが、「聞える」という知覚動詞である。第二文では、「二階に芸者下に馭者」というメモのうち「下に馭者」の素材が提示され、第三文冒頭では、その馬車の中にいる視点人物の視線の動きを示す「その隙間から見ると」という表現を介して、「二階に芸者」の素材が提示される。第三文の末尾では、逆に「芸者共」が「夕立」を眺める視線を示す「見て居る」という表現が用いられ、その視線に沿って次の第四文では描写の対象が「下」にいる「馭者」へと戻ってくる。なお、最後の「雨の中に芸者が裾を高くまくり上げて行く処」というのは、「芸者の裾まくり」というメモが敷衍された箇所だが、本来ならここで「濡れたる手」と「濡れたる赤い腰巻」という細部の記録が活かされるはずであったろう。

以上の比較から第一に分かるのは、メモに記された素材を文章化する際に大きな役割を担っているのが、それらの素材を見たり聞いたりする知覚のはたらきであり、その知覚の動きに沿うかたちで、メモされた素材が次々に文章中に導入されてくるということである。図式化していえば、メモにおいて単独の名詞、または短い形容を伴った名詞句のかたちで示されたいくつかの範列を、文章において相互に関連づけ、統語的に纏め上げる際に主として用いられているのが、「聞える」「見る」といった知覚動詞なのである。さらに、「あやしげな女の自棄に唄ふ声が嵐のやうに聞える」と「その隙間から見る」の二ヶ所に関しては、誰に「聞える」のか、誰が「見る」のか、といった知覚主体が明示されていない点も重要であろう。もちろん、その主体は省略された一人称の人物、語り手であろうという推測はつくけれども、読者はその主体が明示されないことによって、知覚されたものの提示にのみ注意を集中して、より滑らかに本文を読み進めることが可能となるのである。

ところで、このような知覚動詞の多用と知覚主体の省略は、『田舎教師』の風景描写についても、重要な文体上の特徴として指摘されてきたものであった。[8] その一例として、『東京の三十年』に「やがて行田に行つて石島君を訪ねた」、「例の用水に添つた描写は、この時に写生したものである」とあるように、花袋が小林秀三の旧友石島薇山を訪問した際の「写生」をもとにした「用水に添つた描写」の一節を掲げてみたい。「行田町から熊谷町まで二里半、其路は綺麗な水で満された用水の縁に沿つて駛つた」（十三）に始まる長い風景描写の段落の、最後にあたる部分である。

田植時分には、雨が蕭々と降つて、こねかへした田の泥濘の中に低頭いた饅頭笠がいくつとなく並んで見える。好い声でうたふ田植唄も聞える。植ゑ終つた田の緑は美しかつた。田の畔、街道の両側の草の上にはをり〳〵植ゑ残つた苗の束などが捨ててあつた。五月晴には白い繭が村の人家の軒下や屋根の上などに干してあるのを常に見懸けた。（十三）

この箇所のもとになった「旅の日記帳」は現在確認できないものの、「九州より」の例に倣って推測すれば、「饅頭笠」「田植唄」「苗の束」「白い繭」といった名詞または名詞句が列記された形式のものだったのではないか。そして、そのように列記された素材を「見える」「聞える」「見懸けた」といった、その主体の明示されない知覚表現によって編み上げることで成立したのが、この箇所の風景描写だったと考えられる。

前節で確認したように、「文章月暦」で構成された原型的イメージに具体的肉づけを施す役割を担ったのが「踏査」という方法だったわけだが、『田舎教師』におけるその方法の内実とは、いわば「旅の日記帳」に写し取られた素材を縦糸とし、主体の明示されない知覚表現を横糸として、一つ一つの風景描写を編み上げてゆくものだったのである。そして、ここで重要なのは、そうした方法が『田舎教師』執筆に際して突然に現れたわけではなく、

「九州より」の例にも見られるとおり、『田舎教師』とは直接関わりのない素材に対しても、旅行の都度繰り返し試みられたものだった、という点であろう。つまり、『田舎教師』の風景描写の文体上の特徴は、「旅の日記帳」へのメモとその文章化という行為が反復される中で、花袋において徐々に形成されてきたものだったのである。

四 『欺かざるの記』と小林秀三日記

一九〇八年七月、「原『田舎教師』」執筆期の九州の旅に、花袋はもう一つの重要な仕事を携えて行った。「九州より」のうち、「廿五日佐伯埠頭にて」という注記の付された一節に「僕は『欺かざるの記』を旅中で校閲して来た。それ故独歩が佐伯時代は最も新しく頭脳に印せられて居る」とあることから分かるように、その時花袋は『欺かざるの記』（前篇一九〇八・一〇、後篇一九〇九・一、左久良書房・隆文館）の校訂に従事していたのである。

では、花袋はこの友人の遺した日記をどのように評価していたのか。「国木田独歩論」（『早稲田文学』一九〇八・八）では、「二十九年以前の独歩は遺稿出版に就て今度始めて見た『欺かざるの記』（二十六年より二十九年に至る）に依て僅かに窺ひ得るのである」と、独歩の前半生を知るための資料として一定の価値を認めつつも、やや後の「文話」（『文章世界』杜鵑号「文章の研究と作法」、一九一一・四・一）においては、「自分の心」が「随分思ひ切つて」書いてあるものの「まだ虚偽がないとは言へない」とし、「『欺かざるの記』は前半は感想と情緒とが多く、いつも同じことを繰返し繰返し書いてあるのでぢき倦きて了ふばかりか、印象が一つも分明と浮んで来ない。『若い人の日記』と言つたやうなところがある」と、意外なほど厳しい評価を下していることが注意を惹く。というのも、特に日記の前半、若い頃の記述に「感想と情緒」が多く、「印象」が不明瞭だとするこのような批判は、『田舎教師』の素材となった小林秀三日記に対する「中学校時代の日記は、空想沢山で、何れが本当かうそかわからない。戯談に書いたり、のんきに戯れたりしてゐることばかりである」（『東京の三十年』）という見方と、相通じるものだからである。一方は作家として成功し、一方は「田舎教師」として一生を終えた青年の日記ではあるが、両者の日記に共通する、前半に「感想」や「情緒」や「空想」が多く、後半になるにつれてそれらが減少してゆくという傾向を、花袋は見出していたように思われる。

文学青年を主人公とする小説らしく、様々な作家や作品の固有名が登場する『田舎教師』の中で、[9]独歩の作品が初めて言及されるのは、清三が小学校に赴任して最初の夏休み前に、「一つ運だめしを遣らう。此の暑中休暇に全力を挙げて見よう。自分の才能を試みて見よう」（十三）と勉強のために借りる、成願寺の和尚が「東京の文壇に顔を出して居る頃集めた本」の一冊として、「『むさし野』といふ本も其中にあつた。かれは『むさし野』に読み耽つた」（同）という箇所においてである。これより後、清三の『武蔵野』（一九〇一・三、民友社）への熱中は、次のように綴られることになる。

清三は日課点の調べに厭きて、風呂敷の中から『むさし野』を出して清新な趣味に渇した人の様に熱心に読んだ。『忘れ得ぬ人々』に書いた作者の感慨、武蔵野の郊外をザツと降つて通る林の時雨、水車の月に光る橋の畔に下宿した若い教員、それ等はすべて自分の感じによく似て居た。かれはをり〳〵本を伏せて、頭脳に流れて来る感興に耽らざるを得なかつた。（十三）

実は、清三の『武蔵野』への感動を最も印象的に伝えるこの箇所に相当する記事は、秀三日記には見られない。「暑中休暇には何か書かんと思ふ、独歩の「むさしの」をかりる」（七月二十一日）、「「むさしの」を読む」（二十二日）、「今日は学校にとまり一人居て「むさし野」をよみ」（二十四日）、「「むさし野」の残りを見て玉茗氏に返却し」（二十八日）といった反復される言及はあっても、これほどはっきりした『武蔵野』の世界への同化、そこから来る「感興」にこれほど深く全身を浸す体験は、記されていないのである。

しかし、この箇所にそのまま当てはまる場面は無いにしても、『武蔵野』の醸し出す「感興」の深い浸潤という点では、花袋は秀三日記の記述に忠実であったように見える。というのも、秀三日記にはその後、「むさし野は漸く秋行かんとしてまたあつきこと一二日、柿赤くみかん青し」（十月十五日）、「むかしの武蔵野の面影を所々にのこしてさく尾花に力弱き日斜めに雲の姿、いと寒げに、小川にさきみつる蓼の花白し」（二十一日）、「思はんやさはいへそゞろむさし野に七里を北へ下野の山」（二十四日）、「むさしの野の田園の秋の末又風情ある哉」（二十九日）といった、自身の住まう土地を「武蔵野」として規定し、その風景を点綴する箇所が頻出するようになるからである。ここで、「武蔵野」という名詞が書名・作品名としてでなく、自身を取り巻く土地の呼称として用いられるようになっていることは、小林秀三における「武蔵野」という概念の内面化を象徴するものといえようか。いわば、このように日記においては長期間に引き延ばされたかたちで示されていた『武蔵野』という書物への感動を、一つに凝集して場面化したのが、花袋の創作した右の引用箇所であったのである。

さらに、『武蔵野』の読書によって形づくられたモデル小林秀三の風景を見る眼を、花袋が意識的に『田舎教師』に取り入れようとしていたことは、ほぼ秀三日記を忠実に写し取った、十月一日から九日にわたる主人公清三の日記の提示からも窺われる。その一部を左に引用したい。

二日。晴。

馴れし木犀の香漸く衰へ、裏の栗林に百舌鳥なきしきる。今日より九時始業、米ずしより夜油を買ふ。

三日。

モロコシ畑の夕日に群れて飛ぶあきつ赤し、熊谷の小畑に手紙出す、夕波の絵かきそへて。

四日。晴。

久しく晴れたる空は夜に入りて雨となりぬ。裏の林に、秋雨の木の葉うつ音しづか。故郷の夢見る。（十九）

このような、日々の生活の覚書の間にさしはさまれた、折々の気象や風物の簡潔な記載からは、独歩の「武蔵野」（初出「今の武蔵野」『国民之友』一八九八・一、二）において「自分は材料不足の処から自分の日記を種にして見たい」として提示されていた次のような日記が、すぐに想起されてくるだろう。

九月十九日――『朝、空曇り風死す、冷霧寒露、虫声しげし、天地の心なほ目さめぬが如し。』
同二十一日――『秋天拭ふが如し、木葉火の如くかゞやく。』
十月十九日――『月明かに林影黒し。』
同二十五日――『朝は霧深く、午後は晴る、夜に入りて雲の絶間の月さゆ。朝まだき霧の晴れぬ間に家を出で野を歩み林を訪ふ。』

周知のように、この箇所のもとになった『欺かざるの記』には、こうした武蔵野の風物の描出の他に、「吾未だ高尚なる女を見ず」（九月十九日）、「一団の幽愁あり。常に彼の女を連想して吾に襲来す」（同二十一日）、「思ふまじと思へど尚ほも思ふは昨年の此の頃の事なり。嗚呼恋てふものは夢の夢たるに過ぎざるか。悲惨なりし吾が命運」（十月十九日）といった佐々城信子をめぐる回想、そしてそのような心情の克服を企図した「嗚呼クリスチヤニチーなる哉！」（九月十九日）、「一個の我を捨てゝ神につかへよ」（十月十九日）といったキリスト教をめぐる記述が頻出する。[10]「武蔵野」執筆に際し、独歩は『欺かざるの記』のこれらの箇所――花袋のいうところの「感想」と「情緒」の要素を排除し、季節の風物を前景化しているわけである。

ところで、ここで注目すべきは、『田舎教師』においても、秀三日記の十月一日から九日にかけての季節の風物を中心とする記述の前後に見られる「感想」や「情緒」の要素、とりわけキリスト教をめぐる記述が尽く排除されている点である。[11]たとえば、中村春雨『無花果』(一九〇一・七、金尾文淵堂)に登場する米国婦人恵美耶(エミヤ)をめぐっての「さはれあゝ信仰なる哉、信仰なる哉あゝエミヤの如き信仰なる哉」(九月十九日)という箇所をはじめとして、「此の間よりテスタメント見はじめしが原書に対照しつゝ今日(朝の内)馬太伝七章まで進む」(九月二十四日)、「今日は正午より小供つれて利根の松原に遊ぶ、しばしは神よ!!」(十月十日)、「折々は聖書を手にせんとも思ひ、たばこをやめんとも思ふ」(十二月五日)といった箇所は、いずれも日記形式で提示されないばかりでなく、本文中に素材として取り込まれることも一切ないのである。

ここから分かるのは、独歩が『欺かざるの記』から「武蔵野」を編む際に行ったのと同じ操作を、花袋が秀三日記から『田舎教師』を編み上げる際に行っていたということである。たしかに、素材である自己の日記から佐々城信子やキリスト教をめぐる要素を排除するという今日広く知られているような「武蔵野」形成のあり方に、『欺かざるの記』校訂時の花袋が気付いたかどうかは定かでない。けれども、前半に多い「感想」と「情緒」が後半になるにつれ徐々に減少するという傾向を、『欺かざるの記』と秀三日記に並行して見出していた花袋が、そうした変化を『田舎教師』の清三の日記において一層強調するために、そこからキリスト教をめぐる秀三日記の記述を排除したということには、十分な蓋然性が認められよう。そして、そのような排除によってもたらされたものこそ、『欺かざるの記』からの同様の排除によって編み出された作品「武蔵野」の読書をとおして形成された清三の眼と、その眼に映る季節の風景とが、前面に押し出されてくるという効果だったのである。

ここまで見てきたように、『田舎教師』の風景描写の基底には、その都度写し取られた季節感を数年分にわたって編み直すことで構成された、「文章月暦」における四季の風景の原型的イメージが存在した。そして、そのイメージを個別的な風景描写へともたらす際に採用された「踏査」の方法の内実とは、「旅の日記帳」に写し取られた嘱目の風物を、主体の明示されない知覚動詞によって統合し、一つの風景に編み上げてゆくというものであった。さらに、『田舎教師』における風景の前景化は、「原・『田舎教師』」執筆と同時期に花袋が校訂に携わった『欺かざるの記』と小林秀三日記が持つ変化の傾向の並行性に沿うかたちで、その変化をより一層強調する方向でなされた秀三日記の作中への導入――そこから「感想」と「情緒」の要素を排し、主として「武蔵野」の影響下に写し取られた季節の風物を選んで作品に編み込んでゆく方法によって、生じたものであった。このように、『田舎教師』の風景描写の基底には、ただ風景を写すことのみが存在したわけではなかった。執筆過程における写すことと編むことのあいだからこそ、『田舎教師』の風景は立ち現れてきたものだったのである。

注

（1） 吉田司雄「林清三のいる風景――『田舎教師』の生成と表現――」（『日本文学』一九九三・一二）

（2） こうした執筆過程の問題については、和田謹吾「『田舎教師』の成立」（『自然主義文学』一九六六・一、至文堂）、小林一郎「『田舎教師』成立論」（『増補田山花袋『田舎教師』のモデル日記原文と読解所収』一九六九・一、創研社）、小林修『『田舎教師』試論――その成立と構造をめぐって――』（『南日本短期大学紀要』一九七二・一二）、堀井哲夫「『田舎教師』の成立と展開」（『女子大国文』一九七四・七）等が論じているが、一九〇八年中に「原・『田舎教師』」執筆、その破棄の後に一九〇九年六月に現行『田舎教師』執筆開始という前記吉田説が今日では最も有力であろう。

（3） 以下、秀三日記の引用は小林『増補田山花袋』所収の影印により、小林による解読を適宜参照した。

（4）茅原健「田山花袋の「小説地理」をめぐって」（『花袋研究学会々誌』二〇〇六・三）参照。

（5）小林一郎『田山花袋研究――博文館時代（三）――』（一九八〇・二、桜楓社）に詳しい。

（6）花袋「文章新話」（『文章世界』石竹号、一九一〇・八・一）に「私のノートは旅で用ゐるのと、平生使ふのと二通りある。旅のは小さい手帳で、それに鉛筆で書く。［……］平生使ふのは、半ば日記半ば控帳と言つたやうなもので、思ひついたことを乱雑に書いて置く」とあることから、「旅と旅行記」における「旅の日記帳」と「九州より」における「手帳」は同じものを指すと思われる。

（7）この一例だけから圏点の種類ごとの役割の違いを確定することは困難だが、「●」は地名、「○」はある場面全体の状況を総括する字句に、「、」は細部を写生した字句に付されているという印象を受ける。

（8）吉田氏前掲論に「主語を朧化し視聴覚的な述語の統合によって場面構成をしてゆくのが『田舎教師』の方法と言えよう」とあるほか、永井聖剛「田山花袋」（『日本語文章・文体・表現事典』二〇一一・六、朝倉書店）にも「この時期の花袋の文体上の特徴は、物語世界に内在する知覚主体による気づきや発見の連なりとして物語世界が提示されてゆくということと、その知覚主体が明示されないということ、この二点に集約されよう」との指摘が見られる。

（9）こうした固有名の機能については藤森清「『田舎教師』の自然描写――影響について自己言及的に語るテクスト」（『語りの近代』一九九六・四、有精堂出版）参照。

（10）滝藤満義「『武蔵野』と『源おじ』」（『国木田独歩論』一九八六・五、塙書房）参照。

（11）大川英三「小林秀三はキリスト教の求道者である」（羽生郷土研究会編『『田舎教師』と羽生』一九七六・三、羽生市）もこのことに触れているが、そこから花袋の倫理観への批判を導出している点では、本論と趣旨を異にする。

終章　花柳小説から『時は過ぎゆく』へ——『燈影』の初出「春の名残」を中心に——

一　作品系列における花柳小説の位置

『田舎教師』（一九〇九・一〇、左久良書房）刊行の後、「生」（『読売新聞』一九〇八・四・一三〜七・一九）および「妻」（『日本』一九〇八・一〇・一四〜一九〇九・二・一四）を承けて自伝的三部作の完結編を成す長篇「縁」（『毎日電報』一九一〇・三・二九〜八・八）の発表を挟んで、花袋は中村星湖をして「自然主義小説の大家として、新しい花柳小説の選手として、縦横無尽に書きまくつた時代」と言わしめた一時期に入った。[1]「髪」（『国民新聞』一九一一・七・二二〜一一・一八）、「渦」（『国民新聞』一九一二・一〇・八〜一九一三・三・一九）、「春雨」（『読売新聞』一九一四・一・一〜四・八）、「残る花」（『国民新聞』一九一四・四・一六〜八・一八）といった花柳界を舞台とする新聞連載小説が、ほぼ年に一作のペースで、次々に書き継がれていったのである。

これらの小説は、時期的にいって、花袋の代表作と目される『田舎教師』と『時は過ぎゆく』（一九一六・九、新潮社）をつなぐ重要な位置にあるにもかかわらず、従来あまり論じられることがなかった。たとえば、今日もっとも一般的な概説書の一つである小林一郎の著作[2]では、その目次からも分かるように、作品中心の章節は「縁」以降しばらくなく、『時は過ぎゆく』までの六年間あまりは生活史中心の記述となっている。また、同じく概説的な性格をもつ五井信の著書[3]においても、「自然主義の時代——明治四十年代」に続く章は「時は過ぎゆく——明治期末から大正期」であって、花柳小説についてはごく僅かな紙数しか割かれていない。要するに、この時期に多作された花袋の花柳小説は、文壇的に注目された自然主義期と『時は過ぎゆく』に代表される円熟期との狭間に位置する作品群と見做され、その価値がきわめて低く見積もられてきたのである。吉田精一[4]が『時は過ぎゆく』、『一兵卒の銃殺』(一九一七・一、春陽堂)、「残雪」(『東京朝日新聞』一九一七・一一・一七〜一九一八・三・四)、『再び草の野に』(一九一九・一、春陽堂)を大正期の「四大作」と見做し、花柳小説には一作も「大作」を認めなかった時点から、既にこのような評価の下地は作られていたといえよう。[5]

従来、花袋の花柳小説の創作動機としては、作家の実生活、すなわち芸妓飯田代子との交渉に伴う懊悩の反映を挙げ、その主題としては「霊肉の葛藤」や「「ほん気」と「うは気」の交錯する男女関係」(吉田前掲書)を挙げるのが、ほぼ定説となっていた。しかし、ここでは、そうした見方を一度離れて、『田舎教師』から『時は過ぎゆく』への展開において創作の必然性を有した一連の作品群として、花袋の花柳小説を読み直すことが有益だと思われる。そうすることで、一九一〇年代前半の花袋の作品史の展開がより明瞭になるとともに、これまで見落とされてきた花袋の花柳小説の価値も、新たに認識されることになるからである。

二　『燈影』の初出「春の名残」

これらの花柳小説のうち、『燈影』(一九一八・一二、春陽堂)は、「このころの花袋集中の佳作」(吉田前掲書)という一定の評価を与えられていたにもかかわらず、その初出がこれまで同定されていなかった作品である。そのように初出が曖昧なままであったことが、他の花柳小説との関係をはじめ、作品系列一般への位置づけも困難にしていたわけである。だが、『燈影』の初出は、一九一五年(大正四)四月二十日から同年八月七日まで全百十回にわたって『東京毎日新聞』に連載された「春の名残」なのである。[6] 連載開始に先立って掲載された「社告」(『東京毎日新聞』一九一五・四・一六）には「小栗風葉氏が会心の傑作『人の思後篇』は愈本日を以て終局を告げたるを以て我社は新に文壇の重鎮田山花袋氏の傑作を近日の紙上より連載すること、せり。乞ふ鶴首して待たれよ」とあり、翌日の「小説予告」（『東京毎日新聞』一九一五・四・一七）には「新興自然主義派の権威（おうそりちー）として文名江湖に満てる田山花袋氏は我社の嘱に応じ愈十九日の紙上より小説『春の名残』の稿を起さんとす。氏が其独特の知識と経験と思索とをコンデンスし、委曲精緻を極むる霊筆を行（や）る所冷か熱か喜か悲か蓋し一字一句霊動き肉顫ふものあり、読者の好評を博せむこと信じて疑はざる也[7]」とあって、この連載小説が「文壇の重鎮」あるいは「新興自然主義派の権威」の作品として読者の期待を惹起すべく予告されていたことが分かる。なお、初出と初版の間には二百ヶ所以上の異同が認められるが、その多くは「仕方」を「為方」、「恰度」を「丁度」、「弥張」を「矢張」に改めるなどの表記の修正や、助詞や助動詞の改変による文調の整備に止まっており、内容上の大きな変化は認められない。この初版本は、「最近文壇消息（三）」（『中央文学』一九一九・三）に「『燈影』は口説の描写深刻過ぎるといふので発売禁止の上同氏は検事局に召喚百円の罰金に処せられた、検事の尋問に対して氏は滔々一時間余に亘りて描写論をやつた相だが、仲々の聞物であつたと猶ほ『燈影』は改版訂正の上近刊される」と報じられたように、花袋の小説で最初の発禁本となったことでも知られている[8]。

さて、『燈影』の初出が「春の名残」であると判明したことは、花袋の作品の系列を考察する際に重要な意味を持つ。時期的にいって「春の名残」は、「髪」「渦」「春雨」「残る花」と続いてきた花柳小説に一段の区切りを付け、その一年後に『時は過ぎゆく』が発表されるという位置にあるからである。つまり、「春の名残」は、花柳小説と『時は過ぎゆく』の接点に位置しており、その読解は両者の関係の解明に資する所が大きいと思われる。以下では、花袋がほぼ同時期に編訳書を刊行したフローベールの影響なども視野に入れつつ「春の名残」の読解を試み、『田舎教師』から花柳小説を経て『時は過ぎゆく』に至る花袋の作品史の大きな流れの中に「春の名残」を位置づけてみたい。

三　『マダム・ボヴリー』と「春の名残」

「春の名残」の前年、田山花袋編『マダム・ボヴリイ』(一九一四・六、新潮社)が「世界大著物語叢書」第一編として出版された。後述するように、「春の名残」の構想と表現には、花袋が編訳に携わったこの本の影響を指摘できるので、本節ではまず『マダム・ボヴリイ』刊行の経緯について整理しておきたい。『マダム・ボヴリイ』の収められた「世界大著物語叢書」は、第二編以降「西洋大著物語叢書」と改題され、島村抱月訳編『戦争と平和』(一九一四・七)、徳田秋声訳編『哀史(レ・ミゼラブル)』(一九一四・九)、生田長江訳編『アンナ・カレニナ』(一九一四・九)、米川正夫編訳『カラマゾフの兄弟』(一九一四・一〇)の順に刊行された。各冊の巻頭に付された「「西洋大著物語叢書」発行の趣旨」(これは『マダム・ボヴリイ』でも「世界」でなく「西洋」となっている)には次のようにあって、発行者の意図を窺わせる。

近時泰西の作品は頻々として我が文壇に移植せられるが、其余りに大部なる為、傑作大著の名高くして、尚ほ翻訳に躊躇せらるゝもの尠くはない。小社こゝに見る所あり、文壇の諸名家を煩はして本叢書を刊行することゝなつた。即ち幾百頁幾千頁の大作を此の掌大の冊子に短縮し、其精髄とも云ふべき部分の抄訳を、簡潔なる物語風の筆によつて連綴し、梗概を語ると共に原作の感味を髣髴せしめようとするのである。又、名教に害ありとして官憲に諱まれ、市に上ぼすことの出来ぬ名篇も、取捨按排其よろしきに従うて、本叢書中に加へることゝした。要は、セ、ツシヨン式の簡捷を尚ぶ時勢の要求に応じて、世の文学研究者に便せんとするの微意

である。（発行者識）

ここからは、発行元の新潮社が、「余りに大部」であるか「名教に害ありとして官憲に諱まれ、市に上ぼすことの出来ぬ」ために、同時期に刊行していた全訳を原則とする「近代名著文庫」（第一編ダヌンツィオ著・生田長江訳『死の勝利』一九一三・一～第八編ハムズン著・杉井豊訳『世紀病』一九一四・一〇）には収められなかった西洋文学作品を、「掌大の冊子」として、より簡便かつ安価な形式をもって刊行しようとしたのが、この「西洋大著物語叢書」であったことが窺われる。実際、判型も四六版の「近代名著文庫」に対して「西洋大著物語叢書」は一二〇×一六八ミリの袖珍版、価格も前者が一円前後であったのに対して、後者はいずれも五十銭となっている。なお、『マダム・ボヴリイ』は、他の叢書収録作に比べ原著が「余りに大部」というほどではないので、同叢書への採録理由としては、「名教に害ありとして官憲に諱まれ、市に上ぼすことの出来ぬ」ものを「取捨按排」した方の部類に属するのであろう。

この本の成立過程に関しては、山川篤[9]の検討を承けて、山本昌一[10]が、水上斎訳『マダム・ボヴリー』（一九一三・一〇、東亜堂書房）をもとにした抄訳と推定している。山本もいうように、同叢書の他の本では扉の表記が「訳編」となっているのに、花袋のものだけ「編」となっていることからも、同書が水上訳に依拠したものであることが傍証される。さらに、水上訳本が刊行直後に発禁となっていることも、「名教に害ありとして官憲に諱まれ、市に上ぼすことの出来ぬ」作品を「取捨按排」して読者に提供するという叢書の趣旨に適合するものといえよう。（ただし、世界大著物語叢書本も結局発禁処分を受けている。）なお、山本は「花袋の名を貸した代作」の可能性を指摘しているが、たとえ他の人物が実際の執筆を行ったとしても、花袋がその原稿に全く目を通さなかったとは考えづらく、『マダム・ボヴリー』刊行から花袋が何らかの影響を受けたことの反証とはならないであろう。[11]

さて、『マダム・ボヴリー』とその一年後に発表された「春の名残」の内実上の類似点としては、第一に、現在の生活に満足できず、そこからの脱却を憧憬する女性というテーマが挙げられる。たとえば、「旦那」との関係に徐々に倦怠を感じ始めた主人公の芸者小藤が、新たに知り合った脚本家山崎と会うことを期待する「車の上でも小藤は絶えずその意気な鬚と綺麗な顔とを思ひ出してのだ(ママ)あるはなやかな色彩の濃い奇蹟が何処からか急に現はれて来て、さびしい平凡な今の生活を全く破壊して了ふ時機が愈々到達したやうにも思はれた」(九)という箇所と、『マダム・ボヴリー』の「彼女は何か事件の起るのを期待してゐるのであつた。遠く霧を罩めた地平線——そこからどんな船が現はれるか、二檣船(シャルウビ)か軍艦か、悲哀の船か、幸福の船か。夫は一向に分らぬが兎に角彼女は待設けた。毎朝眼が覚めると愈々今日は?と思ひ、日が暮れると、またもとの悲しい心になつて明日を待つた」(第一篇九)という箇所とのあいだには、表現の面も含めて、高い類似性が感じられる。表現の面といえば、『マダム・ボヴリー』におけるエンマとレオンをめぐる次の記述も、「春の名残」に少なからぬ影響を与えたところであろう。

> 女は男に対して、種々の態度をとつて見せた。或時は真面目に、或時は浮々と、或時は喋り、或時は沈黙し、或時は熱情的に、或時は冷静に、さまざまにして男の心を操つた。
> 此女はあらゆる小説(ロオマンス)の中の愛人、あらゆる戯曲の中の女主人公(ヒロイン)、あらゆる詩歌の中の「彼女」の型(タイプ)であつた。女は封建時代の城廓の中に住んでゐる貴婦人のやうに長い胸衣を着けて居た。また、「バアセロナの蒼白(あをざ)めたる女」にも似てゐた。が、しかし此女はすべてのエンジェルよりも遥かに勝れてゐた。男は女の顔を見つめて居ると、魂が女の方へ飛んで行つて、彼女の額の周囲(まはり)に波打つて、それから女の白い胸に蠱惑されて、女の体の中にはいつて行くやうに思はれた。(第三編五)

この箇所は、「春の名残」において、いずれも単行本『燈影』では発禁後の削除対象となった、次の二つの部分に影響を与えたものと推測される。

> それは恰度昔の本に書いてある美しい絵の中から、魂がゆくりなく抜け出して来て、動いてゐるやうであつた。熱い心と心とは、いつか一つになつて、他に世界があらうなどは二人には思はれないほどであつた。小藤は長い間満されずに過ぎて来た体と心とを初めてすつかり男に委せて了ふことが出来たやうな気がした。男は女の情の大波が、体を被ふばかりに漲つて来るのを感じた。（一五）
>
> 旦那は眼の眩むやうな心持を感ぜずには居られなかつた。女の肌にも眼にも体にも平生とは違つた一種の妖艶（こけつとりー）が漲るばかりに現はれて、それが美しい燦爛とした蛇か何ぞのやうに、強く体に絡み附いて来るのを感じた。其処にはひとりの男を守つてゐることの出来ない畸形な性欲の発露や、男の心を爛らかさずには置かない異様の臭覚などが、一緒になつて巴渦（うづ）を巻いて、男の嫉妬やら懊悩やらの中（なか）に細かく力強く混り込んで行つてゐた。女の眼の白い膜の中（うち）に黒い瞳のくつきりと漂つて浮んでゐるを（ママ）見た時には、男は不思議な異常な世界の其処に恐しく潜んでゐるのを発見した。（四八）

『マダム・ボヴリー』における「小説」「戯曲」「詩歌」の登場人物をエンマに比する特徴的な表現は、「春の名残」では小藤と山崎の交情の場面を「昔の本に書いてある美しい絵」になぞらえる箇所に応用されているという印象を受ける。その箇所の直前には「役者の似顔の浮き出した絵絹」（一五）と「艶な浮世絵の美人の額」（同）が描写されており、それぞれ山崎と小藤に比されているわけである。また、男の「魂」が女の「体」に纏わり入ってゆくという『マダム・ボヴリー』の独特な表現についても、やや変形されているとはいえ、「絵の中から、魂がゆくりなく抜け出して来て、動いてゐる」とか「男は女の情の大波が、体を被ふばかりに漲つて来るのを感じた」とかいった箇所に、その反映を見出すことができる。一方、旦那と小藤の関係を描いた二番目の引用箇所には、一番目の箇所と同様に『マダム・ボヴリー』とは男女の関係が逆になってはいるものの、より明白なかたちで、女の「妖艶」が「美しい燦爛とした蛇か何ぞのやうに、強く体に絡み附いて来る」、または「畸形な性欲の発露」や「異様の臭覚」が「男の嫉妬やら懊悩やらの中に細かく力強く混り込んで行つてゐた」という、『マダム・ボヴリー』の表現を思わせる叙述が認められる。「妖艶」や「嫉妬」「懊悩」といったどちらかといえば抽象的な概念を実体化し、それらが「体」や「性欲」「臭覚」といった比較的具象的な事物に「絡み附い」たり、互いに「混り込んで行」くとするこれらの叙述は、男の「魂」が「飛んで行」き、「波打」ち、さらには女の「体」に「はいつて行く」とする『マダム・ボヴリー』の表現からの影響を窺わせるものといえる。このように、『マダム・ボヴリー』と「春の名残」では、ともに小説の核となる女の男に対する蠱惑的な影響力を、主として男の側の視点から効果的に描き出すために、上記の独特な比喩の技法が用いられていると考えられるのである。

四　『マダム・ボヴリー』と「毒草」

ところで、花袋は既に「フロオベルとゴンクール」（『文章世界』新緑号、一九〇九・五・一）の中で「エンマは矢張Bourgoeisie（ママ）と相容れるできることの出来ぬ女性であつた」と述べているが、たしかにそのように地方の中産階級の生活を背景とした『マダム・ボヴリー』と、都会の花柳界を舞台とした「春の名残」との比較は、十九世紀中葉のフランスと二十世紀初頭の日本という時代や文化の相違を別としても、単純に行えないことも事実であろう。たとえば、前者でエンマが中産階級の家庭からの脱出を夢見るのに対して、後者では小藤が落籍されて家庭を持つことに憧れているというのも、きわめて対照的な点と考えられるかも知れない。

しかし、この時期、花袋が『マダム・ボヴリー』刊行への自身の関わりを積極的に創作に活かそうとしていたことは同書刊行の約三ヶ月後に発表された短篇小説「毒草」（『太陽』一九一四・九）によって知ることができる。その小説の語り手「私」は、鉄道関係の会計を務める友人の妻で、家計を助けるために自宅で煙草屋を営むお静さんについて、「お静さんに取つてはお静さんの亭主は、常に満たされない甕のやうなものであつた。やさしいのと、男の好いのと他には、何物をもお静さんに与へて呉れなかつた」（一）と説明した上で、次のように語っているのである。

> 狭い暗い谷の底のやうな二間の家、大雨の降る度に床が水に浸つて了ふやうな家、旧い巷路（かうじ）をずつと奥に入つて行つたやうな家、其処に私は襁褓（むつき）や汚れた着物や暗いランプやすり切れた畳の中に黙つてつまらなさうにして坐つてゐるお静さんを見た。私は心も体も押へに押へた可哀想なお静さんを見た。私はボヴリー夫人のことなどを想像した。（一）

ここでは、夫へのお静さんの不満を『マダム・ボヴリー』におけるシャルルへのエンマの不満に重ね、さらに谷底の家の描写を象徴的に併用することで、中産階級、あるいは小市民層の家庭に内在する閉塞感が強調されている。この後、エンマがレオンやロドルフと関係を持ったように、お静さんは夫の眼を盗んで医者の代診と待合に通うようになり、そのことを知った「私」とも同様の関係を持つ。さらに、お静さんと関係するより前、友人の家で夜遅くまで話し込んだ帰途における「私」の心境が次のように綴られていることも、特徴的といえよう。

その夜十時すぎに私はアンナや、ボヴリー夫人のことなどを考へながら、暗い路を家の方へと帰つて来た。不思議にもさうした境遇に置かれた人達のことが繰返し繰返して考へられた。一夫一婦の習慣は人類保存上、社会組織上必要なことは言ふまでもないが、それならば、何故さういふ心が湧くやうにこの人間はつくられてゐるのか。何故さういふ心が漲つてあふれて来るのか。何故人間にはあきるといふことがあるのか、問題はそれからそれへと私の頭に籠（ママ）つて来た。（三）

ここで「私」は、「姦通」の問題から『アンナ・カレーニナ』とともに『マダム・ボヴリー』を想起し、それを「一夫一婦の習慣」と矛盾する「人間」の「心」へと考察を広げる契機として利用している。ある意味では、そうした小説を想起したこと自体が、「私」がお静さんと関係する大きなきっかけとなっていたのであり、その後の「私」のお静さんとの関係は、『マダム・ボヴリー』の模倣であったとさえいうことができる。それほど、「毒草」における『マダム・ボヴリー』の役割は重要なものであったのである。

五　「春の名残」における灯火のモチーフ

このように、その頃の花袋に『マダム・ボヴリー』が重大な影響を与えていたという観点に立って、再び「春の名残」へと眼を転じれば、後に行われる『燈影』への改題の根拠となった灯火のモチーフにも、『マダム・ボヴリー』の一場面の反映を指摘できる。「春の名残」における灯火のモチーフは、作品後半、あまりに長く旦那の足が遠退いたのを心配して、はじめて小藤が妹とともに、旦那の家を訪ねる場面に、集中的に現れている。[12] そこでは、「山の手の夜」（一〇五、以下同）に点る「軒燈」や「電燈の光」、「自動電話の灯」、「門のあかり」などがくりかえし描かれており、旦那の家の「二重になつてゐる垣の中から灯の影が葉越しに動いてゐるのを認めた」（一〇六、以下同）小藤の耳に、「子供の声」と「細君らしい声」が聞えたとされている。その一連の叙述において、「子供は、今、寝衣を着換へて寝るところらしかつた。『母さん、おやすみなさい』と言つた」という母と子供達のやや類型的な場面からも窺われるように、灯火のモチーフは小藤から見た山の手の中産家庭の幸福の象徴として用いられている。全百十回の連載の最終盤に位置するこの場面において、結局小藤は旦那と会わずに花街に戻り――したがって旦那の家庭とのあいだに特別な波瀾を生じることもなく、再び旦那と山崎それぞれとの関係を、そのままに維持する結果となる。いわば小藤は、灯火に象徴される中産家庭に、その強い憧憬にもかかわらず、遂に到達できずに終わるのである。

こうした作品終盤における重要な場面での灯火の描出は、『マダム・ボヴァリー』にも認められるものである。レオンと逢うため夫に秘密でした莫大な借金が明るみに出、その返済の最後の望みも絶たれたエンマが、ひとり家に帰る場面は、次のように描かれている。

霧の中に遠く浮んだ家々の灯影を見ると、エンマは急に、深い淵のほとりに立つたやうな気がした、彼女は喘いだ。胸が破れて了ひさうになつた。が、急に救はれるやうな心持になつて、駈け下りた。橋を渡つて狭い道から大通りへ出て、薬剤師の家の前に来た。店には誰も居無かつた。そつと裏口に廻つて、台所へはいると、小僧が出て来た。家の人々は晩餐の最中であつた。（第三編八）

この後、エンマは小僧に出させた薬局の亜砒酸塩を飲んで自殺するわけだが、そのように主人公の運命を最終的に決する重要な場面で、用字こそ違うものの花袋の単行本の表題と同様の「灯影」という語が用いられていることは、両者の影響関係を強く推測させるものといってよい。

六 「春の名残」の空間構成

灯火のモチーフが山の手の旦那の中産家庭と結び付けられていたように、「春の名残」では主要な登場人物の生活空間が巧みに描き分けられ、人物がそれぞれの空間を互いに往き来することが、物語の展開に重要な意味を持っている。図式的にいえば、既に前節で確認した旦那の住む山の手の中産階級の世界、脚本家山崎の出入りする劇場に代表される主として文芸に携わる知識階層の世界、小藤の暮らす下町の花柳界、そして普段は別々の空間で活動しているそれらの人々が例外的に一時起居を共にする観光地・避暑地の世界が、作中で描き分けられているのである。[13] もちろん、その中心となるのは、主人公小藤の生活する下町の花柳界である。その空間の特質は、次に示す引用部に、もっとも明瞭にあらわれているように思える。

　その近所には、同じやうな二階と屋号を書いた同じやうに丸い軒燈とがずらりと一列に並んでゐて、わけて七三の妓が毛筋を長く、艶な姿をして、朝湯からの帰りを長い立話に耽つてゐたりなどした。ある家(うち)からは、あんなにまでしなくても好いと思はれるほど、仕込の子の悲しさうな稽古の声が震へて高くあたりに聞えた。ある家の前では、姐さんが起きて、勝手のところで楊枝をつかつてゐるのなどが見えた。

　いろ〳〵な噂が二(ママ)の狭い新道には絶えずきこえてゐた。ある姐さんは役者に夢中になつて、此頃ではダイアの指環がもう無くなつて了つたなど丶言はれた。ある姐さんは、今まで何年か世話になつて、家まで新築して貰つた旦那をやめにして、若い男を公然(おほびら)に引入れて、大きな丸髷に結つて、一緒に並んで通りの方へ出かけて行つたりした。ある姐さんは重い肺病をわづらつてドッと床について、もう明日にもわからないなど、評判されてゐた。（四、傍点原文、以下同）

ここで疑いもなく特徴的なのは、「ある家からは……」「ある家の前では……」「ある姐さんは……」と繰り返される「ある」という連体詞を冠した表現による、列挙的な例示の手法である。「同じやうな二階と屋号を書いた同じやうに丸い軒燈とがずらりと一列に並んでゐ」る花街の空間は、実際に「同じやうな」文型が「ずらりと一列に並ん」だ文体によって、効果的に表現されている。次の連載回にまでわたって延々と続く同様の文体による花街の空間の描写は、「其処にも此処にも爛れた放縦な生活が淀んだ溝のやうな腐れた空気をあたりに漲らせてゐた」（五）という一文で締め括られているが、ここに挙げられた「家」や「姐さん」は、いずれも各々が個としての価値を持つというよりは、誰もが等しく「爛れた放縦な生活」の類例としての役割を果たしていると感じられる。そのようにして、まさに「溝」のように渾沌とした、閉塞した空間としての花柳界の様相が、読者に強く印象づけられることとなるのである。

一方、このような特徴づけが花街の空間に対して行われた直後に、「しかし、いくら爛れた放縦な生活でも、生活は矢張（やつぱり）生活であつた。一歩一歩自分の地盤を築き上げて、他人（ひと）にも笑はれず、土地でも立てられる身分になりたいといふ希望は、さういふ姐さん達の誰の心の中にも満ちあふれてゐた」（五）と言われていることも、この作品のプロットの推進力の所在を明示するものとして、重要な意味を持つ。花街の「溝」のような渾沌と閉塞の中に「地盤を築き上げ」、周囲から「立てられる」ようになること——そうした上昇への欲望が、作品において小藤を動かす一つの力として作用しているのである。

しかし、その欲望が、あくまでも一つの力であり、小藤を動かす全てではないことも、同程度に重要である。先の部分に続く第六回は、「しかし一方では、小藤は長い間やつて来たその生活に疲れて来てゐた」と逆接をもって書き出され、花柳界の内部における成功の望みを否定して、その世界からの根本的な脱却を、小藤の真に求めるものとして提示するのである。

　普通の世の中に出て、亭主を持つたり、可愛い子を抱いたり、他所目（よそめ）には楽しさうに見える家庭をつくつたりしてゐる多勢の従姉妹達を見ると、仮令（たとへ）その家庭が何んなに苦しいものであつたにしても、其処には別な静かなやさしい情味があつて、自分等の知ることの出来ない楽しい平和があるやうに思はれて羨しかつた。小藤はをり〱その生活を自分等の生活に引くらべて考へて見たりした。何といふ相違だらう。辛い悲しい浅間しい恋の穽、欺騙と虚偽と淫蕩との絶えず渦を巻いてゐる恐ろしい暗い淵、歓楽と病気と苦痛との絡み合ひ縺れ合つてゐる深い谷、さういふ中にも溺ずに何うやら彼うやらやつては来たが、やつて来たゞけそれだけ辛い悲しい身を削られるやうな心の境を小藤はこれまで沢山に経て来た（六）

「溝」にかわって新たに導入された「穽」「淵」「谷」といった同類の比喩によって表現された花柳界からの脱却を、小藤は「家庭」に——より具体的には、客に落籍され、出来れば正式に結婚することに求めようとする。もちろん、同時期の「毒草」から分かるように、その「家庭」にも花柳界とは別のかたちで閉塞感が存在することを花袋は認識しており、そのことはこの箇所でも「他所目には楽しさうに見える家庭」という表現に明らかに示されている。けれども、「春の名残」では、作品世界は主として小藤の「他所目」の視点から提示され、小藤の「家庭」への憧憬と花柳界からの脱却への欲望が、以降、旦那や山崎との間に展開されるプロットを動かす、一つの重要な力となるのである。たしかに、小藤のその憧憬と欲望は、前節で既に見たように、結局実現されることなく終わるのではあるが。――

さて、ここで、山崎の出入りする劇場に代表される知識階層の世界へと眼を転じれば、それも結局、花街の閉塞した世界からの脱却の不可能性を、小藤に知らしめる役割を果たしているように思える。小藤は山崎とのあいだに誓文まで書かせて将来の夫婦約束を交わすものの、山崎の関わった新劇の芝居の演じられた劇場では、「山崎が噂に立てられた女優」（四〇、以下同）が「常に見つけた歌舞伎とは丸で変つた一種の自由を持つてゐる」のを見、「旧劇などに見ることの出来ない世界」がそこに展開されているのを感じる。そして、「むづかしい西洋の話、小説や戯曲の話、新しい思想や文句、さういふものを易々と理解して、笑つたり騒いだりしてゐる女優の群」に接すると、「これまで完全に占領したと思つてゐた男が自分の傍を離れて、すうと向ふに行つて了つたやうな心持」を、小藤は覚えざるを得ないのである。

夜おそく劇場のカフエで大勢の人達に山崎の取巻かれてゐるのを見た時には、殊にその感が深かつた。例の天平式とかいふ髪を両方からわけた新しい若い女達は、先生、先生と言つてその周囲（まはり）に集て〔ママ〕、生々とした調子で、自由に快活に外国の劇の話などをした。青い酒、赤い酒、灯の明るい光線の中を人達は面白さうに行つたり来たりした。ある群では、今日の劇の成功を祝するため、座頭（ざがしら）の役者を呼んで、盃を挙げてゐたが其処にも山崎は引張られて行つてゐた。小藤は廊下で逢つたかねて見知越しのお酌と一緒に、室（へや）の隅の方に小さく席を占めて、知らない風をして、唯その賑やかな光景を眺めた。（四一）

この場面には、山崎の属する知識階層の世界と小藤の属する花柳界との距離が、とりわけはっきりと表れているように見える。山崎を取り巻く「新しい若い女達」を、小藤は自身と同じ花柳界の一員である「かねて見知越しのお酌」とともに「室の隅の方に小さく席を占めて」、自らその圏に加わることができないままに、遠くからただ眺めるほかない。「劇場での不快と孤独」（四一）――「その夜の印象は長く小藤の頭に残つて容易に忘れられなかつた」（同）とされているように、新劇の芝居の演じられる劇場の空間は、自身と山崎との生活世界の懸隔を小藤に深く印象づけ、結局自らは花柳界の空間に閉塞されたままに取り残されるだろうという、きわめて悲観的な見通しをもたらすことになる。この場面において山崎の属する知識階層の空間から小藤が疎外されることが示され、さらに先に見た山の手の夜の場面において、小藤が旦那の属する中産階級の家庭にも辿り着けないことが示されていたとすれば、彼女が最終的に花柳界の空間に閉塞されたままに生活を続けざるを得ないという作品の結末は、いわば必然のものであったと考えられるのである。

このように、小藤の花柳界への閉塞に焦点を当てたこの作品の空間構成のあり方を確認する時、「旅に出たことのない小藤」（五五）にとって一見花柳界の空間からの束の間の解放を意味するかに思われる「山の高原の上にある、涼しい静かな眺望の好い温泉場」（同）への避暑が、何故より一層の閉塞を彼女にもたらすことになったかが理解できる。そもそもそれが旦那に連れられての旅行であったという点もさることながら、「学生達」（五七）、「官吏」（同）、「日本橋あたりの商家の妻」（六〇）、「中学校の生徒」（同）といった様々な階層の人間が混在する一見開放的な避暑地での滞在は、小藤にとって文字通りの閉塞をもって終わることになるのである。一時所用のため避暑地を離れていた旦那が迎えに来、翌日には帰京しようというちょうどその夜に、小藤はその地で懇意になった、山崎とも知り合いの「脚本を書く紳士」（六五、以下同）とのあいだに、次のような場面を経験する。「二百十日前後の風雨（あらし）」を戸外に聞きつつ、「ひとりで湯に入りに行つた」小藤のもとに、その「紳士」は「ふと戸を明けて、ちよつとのぞいて見て、そして静かに入つて来」る。

ちつと男が立つて、着物をぬいだところに行つて、内から手早く戸に栓をかつたのを女は見た。しかし女は知らん顔をして、自然に任せるといふやうな風をして、長い髱を此方(こつち)に見せて、静かに湯に浸つてゐた。薄暗いランプの光線は玲瓏と湛えた湯を白く微かに照してゐた。

急に凄しい(ママ)風雨が山の木の葉や枝を前の硝子戸に烈しく打つけた。（六五）

唐突に導入される「男」と「女」という呼称、さらに「風雨」の象徴的な描出からして、ここで実事のあったことは、ほとんど疑いを容れないところであろう。「内から手早く戸に栓をかつた」という行為によって、この「紳士」は小藤を浴室の内に閉塞すると同時に、彼女を完全に花柳界の人間としての立場に閉塞させたということができる。そのことは、もし小藤が中産階級の婦人や知識階級の女性であったなら、それでも彼はこのような行動をとったであろうかという問いによって、より明瞭になるであろう。ある意味では、この無名の「紳士」は、友人山崎が小藤に対して行ったことを――小藤を知識階級の空間から閉め出し、夫婦約束を交わしながら結局は結婚することなく花柳界の空間に留め置いたままにするという行動を、より露骨なかたちで実行したのだということができる。

さらに、注目すべきは、これより後、旦那と山崎が小藤の家で偶然に邂逅する、作品の高潮点を成す場面において、二人の会話の中心となるのが、山崎の外遊の計画や旦那が仕事の関係で国内各地に詳しいことなど、各種の旅行、空間の移動をめぐる話題だという点である。たとえば、「何処ツてきめてもゐませんが、一まはりあちこちを見て来たいと思つてゐるんです。初めドイツに行つてロシヤからスカンデナビアの方までも行つて見たいと思つてゐますけど……」（九五）という山崎の発言、「でも、半年ぢや仕方がないでせう。我々の会社の伴侶(なかま)のやうに、唯、見物とてい(ママ)ふわけにも行かないでせうから」（同）という旦那の反応、そして山崎の故郷をめぐっての「あゝさうですか、山口ですか。あそこらは、昔行つたことがありますから、少しは知つてゐます」（九六）という旦那の言葉に対する「旦那はよく知つてゐるんですよ。彼方此方（あつちこつち）を……」という小藤のとりなしなどが、そこには点綴されている。それは、花柳界にあって、先の避暑地への旅行以前には「旅に出たことのな」かったとされる小藤と、明白な対照をなすものといえる。旦那と山崎は一見小藤をめぐって対立する立場にありながらも、ともに空間の自由な移動という点で小藤に対する優越性を共有し、ここで互いの意志疎通を図っていると解し得る。そして、特徴的なことに、これ以降、旦那と山崎の小藤に対する関係は、二人の邂逅という一見重大な破局的な事件にもかかわらず、本質的には何ら変化することなく、先に触れた旦那の家への小藤の訪問の試みをほとんど唯一の挿話として挟んで、結末を迎えることとなるのである。これと関連して、最終回で、再びあの花街の閉塞感を強調する空間描写がなされているのも、注意を惹くところである。

　その細い新道に住んでゐる妓達の上にも、短い間に種々の推移があつた。隣の鈴吉の家（うち）では、とう〳〵事件が破裂して、役者は別に近所に家をさがして住むことになつた。久しく明いてゐた前の家には、下谷からある妓（をんな）が家族と一緒に移つて来て住んだ。旦那は若い男で、毎朝そこから何処かへと出かけて行つた。
　角の芸妓屋では、一時旦那が隆々とした勢で、お腹が大きくなつて廃業させる時には、世話になつた姐さん達を招待して、立派な引祝などをしたが、此頃ではすつかりいけなくなつて、来春からは、その男の児を里に出して再び棲を取つて出るといふ噂があちこちにきこえた。ある家の姐さんは、とう〳〵家が張り切れなくなつて、夜逃同様にして何処かへと姿を躱した。（二一〇）

ここでは、冒頭近くの描写と同様に、「隣の鈴吉の家では……」「久しく明いてゐた前の家には……」「角の芸妓屋では……」「ある家の姐さんは……」という並列的な文体が用いられ、さらに一度落籍されながら再び棲を取るらしい芸妓の噂が伝えられることで、「短い間に種々の推移があつた」にもかかわらず、小藤の生活する花柳界の閉塞感がかえって強調される結果となっている。さらに、小藤の境遇についても、周囲の人々の視点から、「好い男の方をやめたのかと思へば、さうでもなく、旦那はまた旦那で、莞爾(にこく)した顔で、いつものやうにやつて来ては泊つて行つた」(二一〇)と語られ、「別に変つたこともなかつた」(同)と総括されている。旦那や山崎とのあいだに種々の紛糾を経ながら、物語の最初から「別に変つたこともな」いという結末状況――それは、中産階級の家庭を憧憬し、時に知識階層の空間を擦過しながらも、最後には元の花柳界に閉塞されてゆくしかない小藤の境遇を、深く読者に印象づける効果を有している。このように、「春の名残」に提示された諸空間は、それぞれが最終的に小藤を花柳界の空間に閉塞してゆくかたちで、巧みに構成されたものだったのである。

七 『田舎教師』から「春の名残」、そして『時は過ぎゆく』へ

こうした狭い空間への主人公の閉塞ということで想起されるのは、やはり『田舎教師』における林清三の境遇である。その本に特徴的な地図の挿入について、花袋自身、「『田舎教師』」(『東京の三十年』一九一七・六、博文館)の中で「巻頭に入れた地図は、足利で生れ、熊谷、行田、弥勒、羽生、この狭い間にしか概してその足跡が到らなかつた青年の一生といふことを思はせたいと思つて挿んだので(ママ)あつた」と述べているように、清三は結局失敗に帰する音楽学校受験のための上京を唯一の例外として、北埼玉の田舎の空間に閉塞されたまま死んでゆく。この狭い空間への主人公の閉塞という特徴は、母親の死によって一家の人々が古い家の束縛から解放され、兄弟たちがそれぞれに新しい家庭を持つ経緯が描かれる「生」や、銑之助の後身と目される勘が、結婚生活の倦怠からの脱却を図るた

めに日露戦争への従軍を決意する場面で終わる「妻」と比べると、より明瞭になるように思われる。

　石川啄木が「巻煙草」（『スバル』一九一〇・二）において『田舎教師』を評して「日露戦役といふ大舞台を背景にして主人公の淋しく死んで行くところに、私は田山氏の未だ何人にも公言しなかつた或る野心を見た、この野心を私は田山氏に取つて正当なる且つ最良なる野心であると認める」といったことは有名だが、これを「時代閉塞の現状（強権、純粋自然主義の最後及び明日の考察）」（一九一〇・八稿、『啄木遺稿』一九一三・五、東雲堂）の次の一節と併せ見れば、閉塞という主題において、『田舎教師』と花袋の一連の花柳小説が接続することに気づかされる。

> 斯くの如き時代閉塞の現状に於て、我々の中最も急進的な人達が、如何なる方面に其「自己」を主張してゐるかは既に読者の知る如くである。実に彼等は、抑へても抑へても抑へきれぬ自己其者の圧迫に堪へかねて、彼等の入れられてゐる箱の最も薄い処、若くは空隙（現代社会組織の欠陥）に向つて全く盲目的に突進してゐる。今日の小説や詩や歌の殆どすべてが女郎買、淫売買、乃至野合、姦通の記録であるのは決して偶然ではない。

「彼等の入れられてゐる箱の最も薄い処、若くは空隙」である花柳界——しかしそれはそれ自体として、強固に閉塞された空間に他ならないということが、この時期の花袋の長篇花柳小説の最後に位置する「春の名残」において示されている。

　こうした花柳界の閉塞を徹底して表現することがいかに困難であったか、したがって「春の名残」がなぜ一連の花柳小説の中でも特に評価に値するかは、その結末状況をそれ以前の花袋の花柳小説と比較することで明らかとなる。まず、それらの最初に位置する「髪」において、花袋は小説の解決を女（この小説では中心となる男女に名前が与えられず、単に「かれ」「女」などと呼ばれている）の妊娠に求め、次の「渦」においては芸者蝶次の死に求めた。前者では妊娠後の女の花柳界からの離脱が示唆され、後者でも死への過程は蝶次の花柳界からの脱却を意味する。というのも、死の直前、療養中の蝶次と旦那とのあいだには、花柳界における芸者と客との関係とは異なる「家庭に於ける夫婦のやうな心持」（八十五）が醸成された、といわれているからである。しかし、このような花柳界からの脱却をもってする小説の解決に、花袋は自ら満足できなかったように見える。花袋は続く「春雨」において、花柳界に入って間もない玉子をとおして「髪」や「渦」の主人公の前史を描き直し、さらにその次の「残る花」では、主人公を芸者から女中のお粂に移して、花柳界の内情をこれまでとは別の視点から描き出しているからである。

以上のことから、「髪」と「渦」において示された花柳界からの脱却という結末に花袋自身疑問を抱き、「春雨」と「残る花」において安易にそのような解決に至らない花柳小説の可能性を模索した末に執筆されたのが、「春の名残」であったと推測できる。[14]『田舎教師』において当時の青年の陥っていた閉塞状況を描き出した花袋は、それらの青年が「全く盲目的に突進し」た「彼等の入れられてゐる箱の最も薄い処、若くは空隙」たる花柳界に生きる芸妓が陥っていた同様の閉塞状況を、一連の花柳小説の試みを経て、「春の名残」において描き出したのである。それは、花袋における、「時代閉塞の現状」認識の一つの試みであったともいえよう。[15]

「春の名残」連載終了から約一年後の一九一六年（大正五）九月、花袋は『時は過ぎゆく』を書下ろしで刊行する。明治の初年から大正に至る四十年あまりの時間的な幅を持つこの小説において、しかし最も印象深いのは、慌しい時代の変遷に対して黙々と忍耐強く生きる、主人公青山良太の姿である。作品冒頭、元藩主の下邸の整備のために鋤を取りながら、「何うも大変だ」（一）とあたりを見廻し、それからまた「まア仕方がない、ゆつくりやるだ」（同）と再び仕事を始めるその姿は、作品を通じて一貫した良太の態度の象徴であるかのように見える。何度も繰り返される「一年二年はまた経つて行つた」（十八）、「それからまた一年は経過した」（二十六）、「月日はまた経つて行つてゐた」（四十二）といった時の経過への言及[16]にもかかわらず、良太自身の生活はほとんど変化することがない。作品の結末近く、「世は絶えず移り変りつゝあつた」と書き出される第五十五章において、そのような良太の姿は最も鮮明に読者の前に提示される。「大きな工場の煙突、凄じく湧くやうに漲り上る煤煙、電車が出来るので広く取ひろげられた通、新しく建築された二階屋」、「何処に行つても、地面が小さく仕切られて、垣が出来て、門が立つて、瀟洒な二階屋などがつくられてゐ」る郊外では、「昔の百姓達も地主として見違へるやうな立派な生活をしてゐる。その中で、良太の生活は次のように描き出されている。

良太はしかし依然としてその長屋の一軒に住んでゐた。薄暗い二分心のランプ、古い火鉢、古い鉄瓶、古い竈、朝は矢張早く出かけて行つて、日の暮れる時分に帰つて来て、湯を沸して、夕飯を食つて、それから静かに歩いて、橋の向ふにある風呂へと行つた。おかねが死んでから、もう早くも二三年は経過してゐた。武雄は一昨年あたり、克己の田舎に引取られて、今は一人さびしく暮した。真弓夫婦は、伯母が死んだ当時、叔父さんもこれでがつかりして体が弱らなければ好いがと心配したが、そんな容子もなく、依然として丈夫で、毎日同じやうに働いてゐるのを見て、『伯父さんは丈夫だ。実際、あの真似は出来ない』かう真弓はつくぐ〜感心したやうに言つた。（五十五）

「時」の経過、「世」の推移にもかかわらず、「依然」として変わらない良太の生活——同じ「長屋」に住み、同じ「古い火鉢、古い鉄瓶、古い竈」に囲まれ、同じように繰り返される「朝は矢張早く出かけて行つて、日の暮れる時分に帰つて来て、湯を沸して、夕飯を食つて、それから静かに歩いて、橋の向ふにある風呂へと行」くという、ここに描かれた良太の生活は、一見完全に閉塞されたものでありながらも、まったく陰惨な印象を与えることがない。そのような良太の姿に対して下される評価は、「伯父さんは丈夫だ。実際、あの真似は出来ない」という深い感嘆にほかならないのである。

これより後、一九二〇年（大正九）の誕生五十年祝賀会開催に際して、花袋は『田舎教師』と『時は過ぎゆく』を併録した『二つの生』（一九二〇・一一、春陽堂）を刊行する。時代の閉塞状況における一青年の死を描き出した『田舎教師』と、いつ終わるとも知れない長い閉塞状況を黙々と生き延びる一老人を描き出した『時は過ぎゆく』――その間には、花柳界の深い閉塞の中で生き続ける芸妓の姿の「春の名残」における発見にまで至る、「髪」「渦」「春雨」「残る花」と粘り強く書き継がれた、一連の花柳小説の試みが不可欠であったのである。

注

（1）「解説」（『花袋全集』第五巻、一九三七・九、花袋全集刊行会）

（2）『自然主義作家田山花袋』一九八二・一二、新典社

（3）『田山花袋――人と文学』二〇〇八・一一、勉誠出版

（4）『自然主義の研究』下巻、一九五八・一、東京堂

（5）逆に、この時期の花柳小説を評価する場合、『時は過ぎゆく』への発展を度外視して、最晩年の「百夜」の先駆とする見方が行われた。このような見方は沢豊彦「花柳小説『春雨』論――『百夜』のプレテクストとして」（『田山花袋と大正モダン』二〇〇五・三、菁柿堂）に代表される。

（6）これまでの初出に関する言及は以下の通り。まず、花袋生前の「著作年表」（『花袋全集』第十二巻、一九二四・三、花袋全集刊行会）に「燈影（毎日新聞）同［大正四年］八月」とあるが、初出時の題名「春の名残」が明記されておら

ず改題の事実が把握できない点、連載小説については概ね完結年月を記す方針にもかかわらずその旨の注記がないため開始年月との誤解を招きやすい点、「毎日新聞」という略称が後に「東京日日新聞」と合併して「毎日新聞」となる「大阪毎日新聞」を連想させ、全く別組織で「横浜毎日新聞」系統の「東京毎日新聞」を指すことが明らかでない点などが禍し、後の年譜類に著しい混乱をもたらす原因となった。以降、山本正秀「田山花袋著作年表」(『評論』一九三五・二)が一九一五年四月二十日より「東京毎日」に「春の名残」が連載されたことを正しく指摘するも別に同年八月の「毎日新聞」紙上に「燈影」掲載と誤記し、吉田精一『自然主義の研究』下巻が「燈影」初出を「国民新聞」一九一五年八月と誤ったのを初めとして、小林一郎『田山花袋研究　年譜・索引篇』(一九八四・一〇、桜楓社)には一九一五年八月の項に「「燈影」(東京毎日新聞社)」とあるのみで「春の名残」の記載がなく、宮内俊介「著作年表」(『定本花袋全集』別巻、一九九五・九、臨川書店)も『燈影』初版のみ記載して「春の名残」については「掲載紙不明」とし、さらに宮内『田山花袋全小説解題』(二〇〇三・二、双文社出版)は『燈影』を「書下し」としている。

(7) 十八日の予告もほぼ同文だが、冒頭「新興」を削除し、末尾の「霊動き肉顫ふものあり、」と「読者の好評を博せむこと信じて疑はざる也」の間に「挿画は斯界に錚々の名ある齋藤五百枝氏入神の妙筆を揮ふべく」を挿入。さらに十九日には、何らかの事情で連載開始が一日遅れとなったためか、「十九日の紙上より」を「明日の紙上より」と直して掲載。

(8) 齋藤昌三『近代文芸筆禍史』(一九二四・一、崇文堂)参照。発禁の経緯等については、沢豊彦「発禁本『燈影』校異」(『田山花袋記念館紀要』一九九二・三)に詳しい。なお、書誌について、沢の挙げる初版(一九一八・一二・二八)、異装初版(同日刊)、初版削除=再版(一九一九・一・二)、四版(一九一九・九・一五)の他に、三版(一九一九・三・一五)と異装八版(一九二五・一・一五)が確認できたことを付記しておく。

(9)『花袋・フローベール・モーパッサン』(一九九三・五、駿河台出版社)および『続　花袋・フローベール・モーパッ

サン』（一九九五・三、駿河台出版社）

(10)「「マダム・ボヴリー」と英訳本のこと」（『ヨーロッパの翻訳本と日本自然主義文学』二〇一二・一、双文社出版）

(11) すでに山川前掲書でも指摘されているように、現在、田山花袋記念文学館には花袋旧蔵の英訳二巻本 *Madame Bovary*. Akron, Ohio: St. Dunstan Society, 1904. が所蔵されており、これは十巻本フローベール全集の第一巻と第二巻にあたる。なお、山川のいうように、その第二巻の巻末付録 Appendix には、有名な『ボヴァリー夫人』裁判の記録が The Public vs. Gustave Flaubert として収められている。『燈影』発禁に際し、「検事の尋問に対して氏は滔々一時間余に亘りて描写論をやつた」という花袋の念頭には、この裁判記録の読書体験があったのではないか。つまり『燈影』を発禁にされた自分自身を『ボヴァリー夫人』を風俗壊乱の廉で訴えられたフローベールに擬する意識があったのではないかと推測される。このことも、両者の影響関係を傍証する一つの例といえよう。

(12) もちろん、紅燈の巷という慣用句のとおり、灯火のモチーフは前半部においては主に花街の雰囲気を演出するために用いられているが、その出現が散発的であるため、読者に特別な象徴的効果を与えることはほとんどないと思われる。前半の花街の描写において灯火の関連モチーフが現れる連載回は以下の通りである。「灯の影」（一一）、「灯」（一一、一四、二八）、「軒燈」（一四、二九）、「電燈」（一九、三三、六九）。

(13) 旦那は、花袋をモデルとするという先入観からそう誤解されがちなように文学者ではなく、「大きな会社ではないが、ある会社の好いところに勤めてゐる人」（七）と設定されており、山崎とは所属する階層が異なっている。なお、それぞれの土地は、花柳界＝深川、山の手＝大塚、劇場＝有楽座、避暑地＝赤倉と推測される。

(14) 先行の花袋花柳小説と「春の名残」との関係にいちはやく言及したものとして、「春の名残」と同じ紙面に掲載された市島渓齋「近頃の感想（下）」（『東京毎日新聞』一九一五・四・二五）の「頃日本誌に掲げられつゝある「春の名残」は如何なるシーンを以て晩春の文壇を彩るであらう。先年の「春雨」もおもしろい試みであつたが今度はもつと突き込んで描かれることであらう」という評がある。こうした期待に沿ったことも、単行本化後の発禁の一因になったと推測される。

（15）いうまでもなく、啄木が「時代閉塞の現状」で提起した「我々自身にとつての「明日」の必要」と「それを如何にして如何なる処に求むべきか」の問題について、花袋がどのような認識を持っていたかという点に関しては、別途考察する必要がある。

（16）本多浩「「時は過ぎゆく」覚書」（『日本近代文学』一九七二・一〇）のこうした表現の整理を受けて、小林一郎『田山花袋研究――「危機意識」克服の時代（一）――』（一九八一・三、桜楓社）がさらに網羅的な一覧を作成している。

初出一覧

序　章　「作家出発期における田山花袋の自己定位――「『野試合』を読んで水蔭君に寄す」をめぐって――」
（『文藝と批評』二〇一三・五）

第一部　花袋文学の形成基盤

第一章　「明治三十年前後の紀行文におけるジャンルの越境と人称の交替――田山花袋『日光』を中心に――」
（『日本近代文学』二〇一二・一一）

第二章　「明治三十年代の田山花袋における「自然」の変容――太田玉茗宛書簡に見られる海外文学の受容を中心に――」
（松尾金藏奨学金基金編『明日へ翔ぶ――人文社会学の新視点――3』二〇一四・三、風間書房）

第二部　主題とモチーフの形成

第三章　「田山花袋の紀行文草稿「笠のかけ」について――『重右衛門の最後』論の一前提――」
（『文藝と批評』二〇一四・五）

第四章　「「見えざる力」から「蒲団」へ――岡田美知代宛花袋書簡中の詩をめぐって――」（『解釈』二〇一五・二）

第五章　「暴風・狂気・チェーホフ――「蒲団」執筆の背景とモチーフ――」（『日本文学』二〇一四・一二）

第六章　「田山花袋「一兵卒」とガルシン「四日間」――「死」、「戦争」、そして「自然」をめぐる考察――」
（『早稲田大学大学院文学研究科紀要』二〇一二・二）

第三部　叙述方法の形成

第七章　「風景の俯瞰から自然との一致へ——花袋「生」改稿をめぐって——」
（『国文学研究』二〇一〇・一〇）

第八章　「田山花袋『田舎教師』における風景描写の形成——写すことと編むことのあいだから——」
（『国語と国文学』二〇一五・一二）

終　章　「花柳小説から『時は過ぎゆく』への展開——『燈影』の初出「春の名残」を中心に——」
（『田山花袋記念文学館研究紀要』二〇一五・三）

あとがき

本書は、二〇一五年（平成二七）に早稲田大学に提出した学位論文「田山花袋の研究――作品の形成基盤および形成過程をめぐる考察――」に、若干の修正を加えたものである。学位論文では、作品の形成を論じた章のあいだに、主として内在解釈の方法によった作品論の章をまじえていたが、本書ではそれらの章はすべて割愛することとした。その方が花袋における作品の形成という主題が明瞭になるという理由のほかに、現在読み返すと、約三年という短い間ではあるが、作品論の章には既に私自身の見解が変わっている箇所も少なくなかったからである。また、本書に残した形成論の章でも、あまりに観念的な解釈にはしっていると思われる部分については、出来るかぎり修正を加えた。

なお、『重衛門の最後』、「蒲団」、「一兵卒」などの主要作品については、花袋以外の作家による同時代作品との関連も考慮に入れたより広い文学史的視野に立って、いずれ近いうちに論じなおさなければならないと考えている。その際には、「形成基盤」という言葉によって本来指示される、単なる材源とは別の、それぞれの作品が書かれた時代・時期という要素についても、そのうわべだけに止まらない本格的な検討が必要となろう。

学位論文の執筆にあたっては、主査の中島国彦先生をはじめ、高橋敏夫先生、宗像和重先生、十重田裕一先生、鳥羽耕史先生より懇切なご指導をいただき、審査にあたっては渡邉正彦先生にも査読をご担当いただいた。また、佐々木雅發先生には、卒業論文のご指導をいただいて以来、大学院の授業等でたいへんお世話になった。ここに記して改めて御礼申し上げたい。

二〇一七年十月三十日

小堀　洋平

＊本書はJSPS科研費JP17K13398の成果を含む。

人名索引

【著者略歴】
小堀洋平（こぼり　ようへい）
1986年埼玉県生まれ。2009年早稲田大学第一文学部卒業。2015年早稲田大学大学院文学研究科博士後期課程修了。その間、早稲田大学文学学術院助手、同次席研究員（研究院講師）を経て、2015年より皇學館大学文学部助教（現在に至る）。専攻は田山花袋など自然主義を中心とする日本近代文学。

田山花袋　作品の形成

発行日	2018年 2 月 5 日　初版第一刷
著　者	小堀洋平
発行人	今井　肇
発行所	翰林書房
	〒151-0071 東京都渋谷区本町1-4-16
	電 話　(03) 6276-0633
	FAX　(03) 6276-0634
	http://www.kanrin.co.jp/
	Eメール●Kanrin@nifty.com
装　釘	島津デザイン事務所
印刷・製本	メデューム

落丁・乱丁本はお取替えいたします
Printed in Japan. © Yohei Kobori. 2018.
ISBN978-4-87737-419-8